Serge Joncour

Vu

Gallimard

Serge Joncour est né le 28 novembre 1961 à Paris. Il a exercé de nombreux métiers, puis a passé deux ans à voyager en bateau.

Vu est son premier roman publié.

I

Pour avoir les dents du bonheur, on se passait des lames de couteau entre les dents, convaincus qu'en se les écartant un peu, on passerait nous aussi pour des heureux. Et quand le couteau ripait, qu'il entamait la lèvre ou perçait la joue, à cause d'un coup de coude malheureux, c'est que les petits cousins étaient là.

Chaque fois qu'il nous arrivait de la famille, chaque fois que de loin nous venait le bruit d'une voiture à la lutte, avec les frangins on filait direct dans les grands arbres, une bonne dizaine de mètres au-dessus du sol, et on restait planqués là-haut jusqu'à temps que le sommeil nous décroche. Pourtant on aurait bien aimé leur faire un accueil aux cousins, on aurait bien aimé les recevoir dans ce qu'il y a de plus cosy, planter les parasols et étaler nos chaises longues, mais on n'en avait pas.

Quand elle passait nous voir, la famille, c'était toujours en coup de vent, sans jamais avoir le temps de rester, et toujours pour ramener quelque chose. Des jonquilles au printemps, des noisettes en septembre, et tout le reste en été. L'hiver par contre on ne les voyait pas. Vu la saison, ceux-là, c'est pour le muguet qu'ils venaient nous voir. Comme l'année dernière, ils ratisseront leur hectare de sous-bois à quatre pattes, des heures et des heures à regarder le cul des feuilles, le tout sans se salir, après quoi ils caleront ça dans un dispositif de sacs plastique, trois douzaines d'œufs par-dessus le marché, une ponte qu'ils reçoivent chaque fois comme une bénédiction. Et même si le tout sera cuit par cinq cents kilomètres classés rouge, même si les salades plieront et que les fleurs auront vite fait de déchanter, au moins ça justifiera l'embouteillage.

Pourtant ils n'ont rien d'extraordinaire nos œufs frais, d'autant que la plupart du temps on les prend au Mammouth.

Une fois sur le chemin, leur carrosse se dégueulassait d'un coup, trois cents bons mètres d'essorage pour finir le voyage. Après on les regardait descendre de là-dedans, tout petits en bas, mal finis de déplier. La tante révisait sa jupe en époussetant des miettes, l'oncle se détendait en inspirant large, et les portières se refermaient dans un bruit impeccable. Les petits cousins par contre attendaient qu'on leur ouvre, avec la tête qu'on fait quand on sait que l'eau sera froide, puis ils sortaient de là-dedans comme une portée de chatons, deux paires de joues roses qui nous cherchaient partout. Mais ils ne bougeaient que du regard, les chatons, tétanisés par le moelleux de la cour et la contrainte absolue de ne pas saloper leurs chaussures. Et jamais, jamais ne leur venait l'idée de jeter un coup d'œil en l'air, comme si c'était pas naturel de nous trouver en haut.

À trois sur une branche, faut dire que chez nous les arbres sont solides. Le petit Thom, les yeux passés au charbon de bois, comme le Totor moyen, et moi ; tous trois les paupières au charbon de bois. Parfois, même entre nous on se faisait peur.

Pour éviter que l'arbre chahute trop il fallait bâillonner le petit Thom, la paume en sparadrap. Un mal fou à le faire taire celui-là. Quant au Totor moyen, à douze ans passés, il ne parlait toujours pas. Le Totor, c'était un genre de muet dont le silence nous revenait cher, un silence à consultations qui rendait fous les parents, des heures et des heures de couloirs pour tomber sur des toubibs de plus en plus perplexes, mais qui ne désespéraient cependant pas de nous le miraculer, considérant que c'était de l'ordre de la psychologie, une façon pour lui de se braquer contre le monde. Pas de doute qu'un jour ou l'autre le goût de dire lui reviendra.

Il n'empêche que c'était du velours une maladie comme ça, d'ailleurs si on y avait pensé plus tôt on l'aurait eue nous aussi, parce que le Totor moyen, vu que d'une certaine façon il n'existait qu'à peine, vu qu'il était verrouillé dans son mystère, personne ne l'engueulait jamais. Jamais il ne se prenait un mot plus haut que l'autre. Jamais on ne lui ouvrait le champ de la riposte. Total il ne faisait qu'écrire. Même dans l'arbre il écrivait. Quant à savoir ce qu'il pouvait bien raconter, tout le monde s'en foutait. Un genre de grande fresque autopersonnelle, un gribouillis maladif ou des conneries sans suite, qu'importe, de toute façon on n'est pas trop curieux dans la famille.

C'était fleuri chez nous, d'en haut ça se voyait bien. D'abord il y avait la cour, mais pas de ces belles cours à pavillon, de ces longs plans nivelés par le gravillon. La nôtre était plutôt du genre improvisée, de ces cours de fortune tassées par les pas, servant juste d'intervalle entre chez soi et le monde. Les fleurs, elles avaient été semées là par poignées, sans vrai goût ni arrosoir, avec tout juste le vague espoir qu'un jour elles ressemblent à la photo du sachet.

En plus de la cour et du jardin, on embrassait ces environs que contenaient nos piquets, des hectares de jachères décidées en haut lieu, des herbes folles à friser tout l'été et à pourrir sous la neige. Les murets, on les disait faits par les Romains, du temps des oppidums, des tas de pierres qu'étaient debout depuis toujours, et qui s'éboulaient seulement depuis quelque temps. Les piquets par contre étaient morts depuis belle lurette, gris et cassants comme du bois sec. De loin ça faisait comme des tombes, les petites croix chavirées des cimetières. Quant à la terre qu'il y avait dedans elle ne valait plus guère que le prix des barbelés, des barbelés rendus venimeux paraît-il, rouillés jusqu'au tétanos. C'est la grand-mère qui disait de s'en méfier des barbelés. Elle était pourtant vache, la grand-mère, mais peut-être pas au point de nous souhaiter le tétanos.

Le seul truc un peu moderne du panorama c'était la queue du Boeing, une saillie rouge et jaune qui brillait quel que soit le temps, un genre de menhir qui n'avait pas le mérite des siècles, mais n'en était pas moins la seule vraie curiosité de la région. Aux beaux jours, les gens venaient de loin pour voir ça et s'y faire photographier comme si c'était un site. Il faut reconnaître que quand le soleil tape là-dedans c'est beau comme en plein ciel, ça brille tellement qu'on croirait bien que ça file, et même si l'avion ne vole plus, même s'il est loin d'être au complet, il faut reconnaître que c'est tout de même impressionnant. D'ailleurs on dit toujours qu'on devrait se mettre à l'autre bout du champ avec une casquette et faire payer l'entrée, et puis on ne le fait jamais.

Qu'un ustensile aussi abouti se soit échoué

justement au-dessus de chez nous, que le fleuron de l'aéronautique soit venu buter sur nos piquets, c'est vrai que c'était troublant, mais peut-être pas au point d'en tirer des conclusions. Et pourtant ils auront été nombreux à le faire, certains seront même allés jusqu'à faire de nous des symboles, alors que dans le fond on ne méritait pas ça.

Une famille bien anodine que celle-là, avec tout de même un vrai lieu-dit pour soi tout seul, de ces fines pancartes bleues qui poussent au bord des départementales et dont jamais personne ne se préoccupe, sinon quand on les cherche, ou que l'on est perdu. C'est d'ailleurs les premiers mots qui viennent à tous ceux qui passent les voir, on s'est perdus, comme si le simple fait de leur rendre visite, d'un certain point de vue, c'était se perdre.

Plutôt que d'un lieu-dit certains préfèrent parler de trou, ce genre d'énigme de l'écorce terrestre, de ces culs-de-sac définitifs dont on ne réchappe qu'au prix d'un demi-tour Un trou.

Ceux qui habitent là, eux aussi parlent de trou, mais pour leur part avec un soupçon de vanité, une satisfaction en tout cas, comme s'il y avait quelque orgueil à habiter un coin à ce point reculé, une ferme si peu dénommée que le facteur lui-même n'a que les patronymes pour tout repère. Pour le reste c'est une maison toute simple à comprendre, une petite maison à six fenêtres, trois au premier et trois en bas, dont une porte.

Malgré ce manque d'attrait cette région est des plus doucereuses, une campagne tout ce qu'il y a de calme et velouté, sans le moindre volcan à menacer de réveil, ni le moindre grand large à ramener ses tempêtes. Ici, où qu'on regarde, les vaches sont toujours en pente, pour autant on ne peut pas dire que ce soit la montagne, tout juste des monts, des champs de monts à déjouer l'horizon. En plus de vous ouvrir une vue, l'avantage des monts c'est de varier les expositions ; plein sud pour que les raisins soient mûrs, le levant pour que les fleurs soient douces, et un nord-est tout en ombre pour qui s'oserait à la betterave. Pour le reste il arrive souvent que le soleil soit torride, surtout vers midi, craquelant la nuque des hommes et dispersant la terre. En certains endroits du causse on prétend même qu'il est des pierres qui se mettent à fondre, soudain liquides, et que parfois des moutons sombrent en dedans. On dit aussi que s'il y a si peu de terre entre les cailloux c'est pour pas que l'homme se baisse, qu'il ne perde pas son temps à essayer d'en tirer quelque chose.

Ce que l'on sait aussi de la région c'est qu'elle est sinistrée, sans pourtant qu'on y recense le moindre danger, pas le moindre péril

18

apparemment, et si en d'autres temps il y eut bien le phylloxéra et une glorieuse hécatombe à cause d'une guerre mondiale, la dernière guerre en date fut celle de la tomate, un exode au cas par cas.

Quant à ceux qui sont restés là, longtemps on les aura relégués à leur folklore, figés dans ces décors qui faisaient les photos d'antan, et à les voir vivre comme ça au grand air, avec leurs mines sanguines et leurs pulls sans rayures, à les voir entourés de ces verdures qui fondent la vertu des pots de yaourt, on supposait qu'ils avaient tout. D'ailleurs ces derniers temps, dans une confusion toute citadine, on en venait même à les envier.

Depuis tout petits, on se savait plus malins que les autres, plus forts aussi. Du hasard, par exemple, on en faisait ce qu'on voulait. Nous, il nous suffisait de croiser les doigts pour qu'il fasse beau, ou de fermer les yeux pour que ça passe, et des étoiles filantes aux coccinelles, des marguerites aux fers à cheval, nul ne nous refusait rien. Mais que tous les soirs la nuit tombe, ça par contre on n'y pouvait rien.

En fait on est redescendus que le soir, poussés par la faim, la fatigue aussi, la douleur de nos postures d'équilibre. En bas, côté accueil ils ne firent pas dans la dentelle. Pour faire bonne figure notre père nous flanqua un aller-retour. Un chacun. C'était son truc, au père, d'aller au plus simple, ça lui évitait de faire des phrases. Au moins on lui servait à ça au pater, à entamer sa rancune, d'ailleurs pour lui faciliter la tâche on s'alignait devant lui — il n'aurait plus manqué qu'il nous rate devant tout le monde. On lui passait devant comme devant un distributeur à claques, en premier le petit Thom, tout sourire, parce que lui ça le faisait toujours rire le coup de la machine à tartes, ensuite le Totor moyen, serrant bien fort son cahier contre lui, comme s'il tenait là sa revanche, et moi qui passais toujours en dernier, moi qui étais déjà en âge de prendre ça mal.

Bien sûr l'oncle et la tante qu'il y avait là, propres comme pour un baptême, disaient au père que ça ne méritait pas ça, qu'il n'y avait pas de quoi nous passer un tel savon. En général il ne les écoutait pas. La mère non plus d'ailleurs, car elle aussi se croyait obligée de nous flanquer sa torgnole, elle aussi nous levait la main dessus en agitant des phrases, tout ça pour faire croire que chez nous il y avait un ordre et qu'on n'y dérogeait pas. Tu parles.

Quant à la vieille elle nous balançait ses soupirs comme un venin, sans même décoller du feuilleton. Dans le fond il venait d'elle ce goût de la représaille, cette manie de s'engueuler. La grand-mère, c'était pas le genre à sentir la pâte de fruits et à donner des bons points, la nôtre elle était plutôt du genre rêche, aigre comme un vieux vinaigre, coriace comme les mouches qui nagent dedans. Il faut reconnaître que depuis des lustres la pauvre femme était clouée dans son fauteuil, un vieux fauteuil à accoudoirs, presque Henri III, et même pas de roues. Un genre de mémé portable qu'on se trimbalait partout, qu'on renversait

21

quelquefois, mais qui dans l'ensemble s'en tenait à stationner devant le poste. — À bientôt deux demi-siècles elle ne miraculera plus... ! les gens disaient tout le temps ça, une façon sans doute de plaisanter.

Prise par le mouvement, en général elle aussi se sentait pousser des mains, de sorte qu'après le père et la mère il fallait tendre sa joue à l'invalide, et surtout se retenir de rire, sans quoi ça faisait un motif pour refaire tout le circuit.

Cela dit on l'aimait bien un peu la grand-mère, on se sentait bien obligés de l'amadouer, à cause de cette autorité absolue qu'elle avait en matière de télécommande. C'est son porte-monnaie qui avait permis de nous payer la télé, une addition de bas de laine largement suffisante pour taper dans le haut de gamme. À croire que les ancêtres auront trimé pendant des lustres, des siècles et des siècles à racler les fonds de plats, tout ça pour qu'un jour on puisse se payer l'écran plat. Un cran de plus à la ceinture et on aurait eu le magnétoscope. Le pire c'est que les aïeux seront morts avec la certitude de nous léguer un trésor, confiants quant à l'avenir de leur pécule, ne doutant pas que les générations d'après continueront de l'enfler, jusqu'à faire une fortune, jusqu'à prendre tout le grenier.

La grand-mère, elle disait venir du siècle d'avant, des années dix-huit cent et quelques, mais vu ses cols en dessous de tasse et son accent boisé, vu sa façon de voir les choses et ses anecdotes en reliques, il se pourrait bien qu'elle vienne d'encore bien plus profond que ça. D'ailleurs on la soupçonnait d'être la source même de la famille, la genèse originelle, née depuis toujours, jamais tarie, et suivant au cas par cas toutes ces générations qui ont échoué jusqu'à nous. À croire qu'elle était vieille depuis toujours la mémé, née depuis la nuit des temps, un genre de mauvaise conscience qu'on se trimbalerait depuis des siècles, ne serait-ce que pour que tout le monde se lave les mains avant de passer à table.

Dans le fond on rêvait tous de la virer la grand-mère, sans vraiment se le dire, et tout en sachant bien que personne n'oserait, et plutôt que de la pousser à l'accident, plutôt que de l'anémier en oubliant de lui rapprocher son fauteuil, on la passait à table à l'heure des repas et on la sortait du passage. Vivement qu'elle passe à trois chiffres la mémé, et qu'on lui plante un joli nœud rose sur le dessus du chapeau, vivement qu'elle déborde largement le siècle et qu'elle le double le fameux record. De toute façon c'est sûr qu'elle le battra le record, c'est sûr qu'elle l'aura son paragraphe dans le *Guinness Book*, d'ailleurs c'est pour ça qu'on l'économise, c'est pour ça qu'on s'en occupe et qu'on lui remue les membres ; allez vas-y, vieillis mémé, vieillis ma petite mémé, vieillis bien, qu'on lui dit, mais fais vite.

Moi qui dans tout ça étais le plus grand — plus mûr que les frangins en tout cas, et un peu moins daté que les adultes —, moi qui étais donc bien le seul à réfléchir vraiment, je voyais qu'on les mettait mal à l'aise nos Parisiens.

Une fois nos baffes prises il y avait comme une gêne, un silence encore plus encombrant que d'habitude, et malgré tout le monde qu'il y avait là, seule la télé faisait la conversation. Sans du tout la regarder, l'oncle passait en revue notre *Télé 7 Jours*, te feuilletant ça du bout des doigts. Plutôt que de le lire il corrigeait nos mots croisés, des mots invalides mais qui rentraient pourtant. Pour lui le prof d'histoire, pour lui l'érudit de métier, il te survolait ça sans même prendre le temps de douter, sans même nous demander la gomme, alors que tout le plaisir des mots croisés c'est justement de tout tenter.

Même sa façon de s'asseoir était de parti pris,

le pied platement ramené sur son autre jambe, nous regardant comme s'il y avait deux côtés à la barrière, et que lui était du bon. Le pire, c'est que notre père ne relevait même pas, ne décelant même pas tout ce qu'il y avait de suffisance dans ces attitudes-là.

Avec l'oncle la conversation avait vite fait de caler. Avec lui, on faisait le tour des choses dans des circonférences hâtives, on écumait l'essentiel en faisant des phrases courtes. Et pourtant c'était de bon cœur que le père lui donnait des nouvelles d'untel ou untel — mais si tu le connais, rappelle-toi donc — ; et chaque fois l'autre lui répondait que non, évasif au possible, à croire que de ce passé il ne reconnaissait rien. — Mais enfin tu te souviens bien du fils Pigeon, le grand roux avec un air con ; et des lunettes aussi... Et l'oncle qui faisait mine de ne pas entendre, et au lieu de s'intéresser il nous sortait son mot de neuf lettres, crânement comme si c'était une perle :

— Balalaïka !

Après nos mots croisés, il s'en prenait à nos mots fléchés, sans même demander la permission. Non content d'entamer la grille vierge, il nous cinglait de ses trouvailles, des mots tous plus inusités les uns que les autres et dont le seul mérite était d'avoir le bon nombre de lettres. Parfois il nous lisait carrément l'énoncé, puis il marquait un temps, une pause qui supposait qu'on réponde, et dans un petit sourire vainqueur il gribouillait sa trouvaille, sans même nous la livrer.

Insensible à ces manœuvres, la mère préparait les patates qui iraient avec le cochon qu'on tuerait demain. Quand on avait du monde, elle se sentait toujours obligée de faire les choses bien. Ces jours-là elle sortait des plats qu'on ne connaissait même pas, des trouvailles exhumées de ses plus beaux anniversaires, des gros lots de tombola. Ces jours-là on avait des dorures aux assiettes et des manches aux couteaux, toute une panoplie qui en temps normal faisait l'objet de sa collection. Le plus pathétique c'est que malgré tous ses efforts, malgré cette louable aspiration à bien faire, rien ne serait jamais vraiment à la hauteur, jamais on n'arriverait à la reluisance d'apparat, et cela elle ne le réalisait même pas.

Toujours brave, le père resservait tout le monde, se préoccupant de tous les verres pour mieux remplir le sien. Une fois les doses tassées, plutôt que de laisser la bouteille sur la table, il la reposait par terre, à ses pieds, histoire de la savoir là. Puis il buvait son verre à petites gorgées, comme si c'était un thé, parfois même il y trempait un gâteau. Ça le rendait toujours pensif de déguster, du moins ça le dispensait de conversation, puis de voir son frangin à l'autre bout de la table, ce frère qui ne faisait rien pour lui ressembler, mine de rien ça le faisait sourire. Sa seule petite malveillance au père, son seul trait de perfidie, c'était d'appeler son frangin l'Historien, une ironie toute sympathique, mais qui finissait chaque fois par énerver.

— T'aimes pas qu'on t'appelle Roger, Roro ça te défrise et Gégé n'en parlons pas ; qu'est-ce qui te reste ?

La tante, pas intellectuelle pour un rond, mais distante quand même, jouait à merveille le rôle outré de la belle-sœur, à la fois concernée et lointaine, soulagée en tout cas de n'être liée à tout ça que par alliance. Chez nous elle avait toujours un mal fou à s'asseoir, la tantine, à croire que nos chaises ne lui revenaient pas. D'ailleurs elle ne passait même plus à table, priant en douce pour que le week-end se termine et que le muguet soit dans le coffre. Le temps qu'elle était là, son unique préoccupation c'était de tout faire pour éviter le petit coin. Le coup des tinettes dans le fond du jardin, ça ne passait toujours pas. Pourtant rien n'est plus confort que ces petits havres parfaitement isolés, rien n'est plus reposant, on s'y réconcilie avec l'écologie même des choses, on y participe de cette filiation d'origines qui va de l'engrais à la récolte, du ferment à la semence, le cheminement même de la vie, et pour qui sait être attentif, pour qui sait écouter, on stationne au cœur même de la symphonie, seulement environné du chant des oiseaux et du bruissement des feuilles, un pur ravissement, et si des cinq sens il en est un qui parfois se trouve chahuté, il n'est qu'à entrebâiller la porte pour aérer.

Pas de doute qu'elle nous en voulait la tantine, trouvant parfaitement abject ce manque de dispositions, d'autant qu'à titre de bru être braquée contre le camp adverse, dans le fond c'est légitime. Cela dit, en ce qui la concerne, le nœud du problème était ailleurs, et bien plus inavoué, car si ces derniers temps elle l'avait un peu mauvaise, si elle nous regardait d'encore un peu plus haut que d'habitude, c'est qu'elle n'avait toujours pas digéré cette gloire qui nous avait un temps éclaboussés, se demandant bien pourquoi ce Boeing nous était arrivé à nous et pas à elle. Ma pauvre, pour qu'un avion te tombe sur le nez faudrait au moins que t'aies un jardin.

Pas facile d'assumer la célébrité des siens, pas facile d'être magnanime au point d'accepter que vos proches reluisent davantage que vous. Elle qui depuis toujours poussait ses gosses à devenir champions, elle qui inscrivait son mari sur les listes municipales, rêvant pour lui de députation, et qui se disait prête à témoigner de son couple à une heure de grande écoute, c'est sûr que de nous voir pendant quinze jours en ouverture du journal de 20 heures, de voir chaque soir le générique dé-

28

marrer depuis chez nous, ça l'avait rudement urtiquée la tata.

Quant aux petits cousins, ils n'étaient pas encore en âge d'être jaloux. C'est sans doute pour ça qu'elle nous les confisquait, les consignant auprès d'elle comme pour les préserver. Mais à un moment ou à un autre ils finissaient par se dénouer les laiteux, à force de nous entendre rire, immanquablement ils nous rejoignaient. Et là, quoi qu'on en pense ils se régalaient les comiques, ils s'en prenaient plein la tronche mais on s'amusait bien quand même. Pour eux c'était tellement incroyable de pouvoir marcher sur un lit sans ôter ses chaussures, c'était une telle découverte d'exister sans avoir peur de salir, que fatalement ils y allaient, mais vu qu'on était plus costauds qu'eux, vu qu'on avait des muscles aux cuisses et les bras bien noueux, venait le moment où on commençait à jouer à leurs dépens.

Bien sûr que c'était par jeu qu'on les coinçait. Bien sûr que c'était pour rire qu'on leur faisait le coup du cochon de lait, mais tout de même, quand on sentait qu'en dessous ça commençait à crier mou, et que leurs petits bras nous articulaient des au secours, de nous-mêmes on s'arrêtait.

... Car autant le dire tout de suite, tous les événements postérieurs à celui de l'aviation, ces prodigieux concours de circonstances qui nous propulseraient au premier plan, malgré tous les soupçons qu'ils feront peser sur nous, ne procédaient cependant pas d'autre chose que du hasard. Et s'il était couru d'avance que toutes ces péripéties feraient de nous des êtres d'exception, la surprise pour nous fut bien de nous retrouver cette fois, non plus dans la rubrique des faits divers, mais dans les émissions culturelles. Ainsi, nous sommes effectivement devenus des personnages en vue, sans pour autant qu'il nous soit besoin d'alibis aussi grossiers que les catastrophes, et en plus d'attiser les envies, en plus d'enflammer les rancunes ou l'admiration, la récurrence de nos emmerdements nous aura crédités d'un vocabulaire, une façon de dire les choses parfaitement importée, littéralement apprise, certains diront un style.

Vu le calme qui règne dans la région, vu l'ennui permanent qui y rôde, on aura quelque indulgence quant aux façons de se distraire. Ici, de loin en loin, la grippe des uns alimente le feuilleton des autres, les fièvres donnent lieu à toutes sortes de supputations, et le facteur fait de la visite. Ici les conversations explorent guère, et pour peu que tout aille bien, pour peu que tout le monde soit en forme et qu'on renonce à mourir, alors il n'y a plus rien à se dire. Sinon il y a la télévision bien sûr, mais depuis que les feuilletons sont sans suite, depuis que les épisodes s'enchaînent sans plus du tout chercher à se répondre, il n'y a même plus lieu de conjecturer sur le devenir des situations. Quant aux accidentés de la route, ceux qui payent de leur vie pour alimenter la chronique, ceux qui toisent l'éternité avec leurs grammes dans le sang, au fond ce sont toujours les mêmes, chaque fois miraculés, chaque fois remis sur pied, et dans l'histoire il n'y a guère que la

31

voiture qui change. C'est pourquoi, depuis qu'un Boeing était venu se prendre dans les piquets de leur jardin, depuis qu'un avatar des cieux les avait désignés, au moins on pouvait se dire qu'il s'était passé quelque chose.

Cet aléa, en plus de légitimer la phobie qu'ils avaient tous ici des voyages, avait créé un remue-ménage, une animation inoubliable, de ces étapes majeures qui vous désignent pour l'éternité et font que les générations à venir vous identifieront à jamais comme « celui qu'a vécu l'avion », comme d'autres ont connu la guerre ou vécu sous Napoléon. Tout le temps qu'avait duré l'événement, tous avaient endossé leur rôle de témoin privilégié, le prenant aussi à cœur qu'un devoir de représentation, relatant mille fois la façon étrange qu'avait eu l'avion de buter là-haut sur un obstacle abstrait, avant de se mettre à les viser, et de retourner tout un champ qui venait juste d'être fauché. Une chance. De plus la façon rieuse qu'ils avaient de raconter ça, le cadre même de ce piqué providentiel, tout cela avait donné à la catastrophe un détachement, une bonhomie qui avait fait la joie de toutes les télévisions du monde.

L'événement eut ici d'autant plus de retentissement que pour la plupart c'était bien la première fois qu'ils voyaient un avion de près. À la campagne ces engins-là vous passent largement au-dessus de la tête, ils ne sont qu'un coulissement lointain qui va bien à la sieste, des cirrus en ligne dans un ciel d'été, d'ailleurs plus personne n'y prête vraiment attention, sinon les plus rêveurs, ceux qui siestent à même le pré, rêvant de cocotiers en plus d'imaginer l'hôtesse.

Cela dit, pour autant que les catastrophes nous conviennent, pour autant que les bilans divertissent et que le sort des passagers nous bouleverse, immanquablement vient le jour où plus personne n'en parle, d'un coup la page se tourne, l'actualité zappe, d'un coup les cars régies s'en retournent et les protagonistes se retrouvent là, sans micro ni caméra, dépossédés de leur gloire comme des héros floués, au point que parfois certains se mettent à ne plus rêver que de come-back.

La grand-mère, voilà bien celle par qui toute cette descendance arriva, la seule vraie responsable. — Des gamins j'en ai eu neuf, qu'elle disait tout le temps, plus deux autres.

Quant à savoir ce qui la mettait tout le temps enceinte, c'était une autre histoire... à moins que ce soit le bon Dieu. En tout cas le bruit avait longtemps couru, nous faisant pas mal de publicité dans le coin, un parfum de surnaturel qui imposait le respect. Toujours est-il que ça ne devait pas être un gars d'ici, un familier du cru aurait eu trop de gloire à revendiquer tout ce monde-là. Pas de doute non plus qu'il n'avait pas été le seul, vu que dans la famille ça va du grand mat au petit rouquin, du spirituel au pas bien malin.

Quels qu'aient été les géniteurs probables, nos grands-pères supposés, ils étaient tous très vite partis du foie, confits à des degrés divers. C'est donc toute seule que la grand-mère éleva son petit monde, cinq filles et six garçons, tous très vite grandis, très vite partis aussi, excepté le cadet, Bernard, celui qui vivait là aujourd'hui, et qui nous avait faits nous. Et même si papa n'était pas à proprement parler l'héritier, même si la maison ne lui était pas officiellement léguée, n'empêche que c'est nous qui vivions dedans. D'un certain point de vue c'était la nôtre, et la grand-mère était là-dedans comme en prime, un genre de viager, gratuit mais à plein temps.

En fait elle avait tout fait pour qu'il ne grandisse pas, son Bernard, et ne quitte jamais le pays. Les autres par contre avaient tous été émancipés à la va-vite. Avant leur majorité sonnée, ils étaient tous montés en ville, convaincus qu'une fois là-haut ils contribueraient en quoi que ce soit à rehausser le niveau, que le monde avait besoin d'eux. Il faut dire qu'à l'époque couraient encore tout un tas de lieux communs au sujet de l'avenir, comme quoi il suffirait de monter pour que tout s'arrange, comme quoi le nord ce serait le bon sens, et qu'une fois sur place, il n'y aurait plus qu'à cultiver tout un florilège d'idées reçues quant aux moyens de chatouiller un moindre orgueil, une moindre fortune, et pourquoi pas tâter de la réputation elle-même. Au total les nôtres végétaient dans des moindres succès, des bides au regard de l'ambition, des victoires qui s'exprimaient en situations, en maisons de catalogues et en gamins de concours. Là-haut, tous participaient sans gloire de cette comptabilité du mérite, nos tontons perdus dans toutes sortes d'effectifs, des légions de mystiques qui s'inventent un air vainqueur chaque fois qu'ils redescendent, et qui se persuadent d'avoir bien fait ; qui sont sûrs d'avoir bien fait. Cela dit, depuis que le chômage a aussi pris en ville, depuis qu'intra-muros ça engorge et que ça sent le pollué, la mode serait plutôt au rapatriement. Parfois, on voyait bien que le tonton reluquait notre maison comme s'il la refaisait, comme s'il présumait du devis, quitte même à revenir sur les dispositions testamentaires de la grand-mère.

Nous, notre seul vrai dessein, c'était de nous maintenir dans le social, histoire de ne pas trop sortir des statistiques, de ne pas trop tomber du mauvais côté des chiffres. Le plus beau c'est qu'on n'avait même pas d'amertume par rapport à tout ça, pas même envie de se venger, simplement, comme d'une grippe ou d'un diabète, on s'en accommodait. Nous autres on s'inscrivait dans une logique de chômage héréditaire, une perdition à long terme qui nous va bien au teint. Cela dit, comme tout le monde, on se prenait bien un peu pour des êtres d'exception, on rêvait même de situations ou de salaires à cinq chiffres, surtout au moment de faire les commissions, pour autant on n'était pas prêts à se coltiner les diplômes. Bien sûr, ici comme partout, les écoles sont trop loin et les cantines hors de prix, bien sûr les programmes sont chargés et les concours à problèmes, mais c'est surtout qu'on aurait bien trop honte de faire des études. Parler d'histoire ou de géographie dans des salles surchauffées, jouer les purs esprits avec des plumes en or, nombrer les pieds des poèmes ou conjecturer sur le devenir de la Grèce antique, et tout ça sur le dos des parents, quelle honte ! De toute façon les parents n'attendaient pas de nous la moindre prouesse, pas la moindre rédemption. Pour eux, pas question de miser sur nous pour se sentir rachetés. Quant à faire des éclats, il est bien clair que l'école ça n'est ni le lieu ni l'endroit. Au mieux, tout ce qu'on peut faire d'éblouissant à l'école c'est de rançonner la maîtresse ou d'affranchir les classes du dessous, rien qui décante vraiment l'avenir. En fin de compte la seule chose que les parents nous demandaient, c'était de faire attention à nos dents, de surtout bien les brosser, car s'il est clair que ce capital-là ne nous rapporterait jamais rien, l'épargner serait à coup sûr faire des économies.

En terme de profession, papa se définirait lui-même comme un touche-à-tout, bricoleur en tout genre, artificier ou cantonnier, moissonneur ou jardinier, vétérinaire aussi à la rigueur, pour dépanner. Une aptitude à tout faire qui lui ouvre un peu toutes les portes. Autrement dit, il ne fait rien. Pour l'heure il attend la croissance, un peu comme tout le monde dans le coin. Parfois même ils l'attendent ensemble, un collège d'assoiffés qui se définissent comme anciens, anciens mécanos ou anciens de la forge, des anciens de toutes sortes, accoudés de permanence, et qui ne perdent même plus de temps à refaire le monde. Revenus du Grand Soir, leur seule vraie tentative c'est de parier sur des chevaux, des bourrins qu'ils ne connaissent que de nom, qu'ils n'ont même jamais vus, mais qui pourraient peut-être bien un jour nous sortir de l'ornière. Total, voilà cinq ans que le père attend le caïd, cinq ans qu'il compte sur l'anglo de première classe, une monture suffisamment sous-estimée pour nous asseoir un tantinet l'avenir. Sinon il y aurait bien le loto, mais c'est bien moins excitant, des chiffres sans sueur ni état d'âme et qui ne risquent même pas de tomber.

Avant d'aimer les chevaux, papa tenait une librairie-pompiste, une station-service avec des revues en vente, mais vu que la mode n'est plus aux départementales il a dû arrêter le pétrole. Comme en plus il n'avait pas trop le goût du cambouis et qu'en terme de littérature tout ce qu'il savait c'était rendre la monnaie sur le prix du livre, il a carrément fermé boutique. Pas de rancœur pour autant, pas le moindre goût de revendiquer, il avait accepté ça comme un sens de l'histoire, l'inéluctable tendance de l'humanité à choisir les grands axes.

Depuis, tout ce qu'il a retrouvé comme boulot ça n'est jamais que de l'officieux, rien qui mérite vraiment d'être déclaré, des coups de main qu'il donne à droite à gauche dans les fermes du coin. D'autant que l'agriculture c'est rudement saisonnier, du travail, il n'en pousse qu'en été. Encore heureux que maintenant même les paysans chopent la grippe, au moins l'hiver il fait des remplacements.

Au total, un homme avec pour toute aventure que les misères du coin, des problèmes faits d'eau de pluie et de bêtes à cornes, des problèmes qui n'allaient jamais plus loin que le bout du jardin, et même pas le vocabulaire pour se les énoncer. C'est sans doute pour ça qu'à tout juste quarante ans il faisait déjà vieux notre père, déjà il avait les épaules en goulot et le regard en visière, tout le portrait du grand-père — le seul qui fasse l'unanimité, celui qui d'entre tous fut élu comme l'ancêtre sous prétexte que c'était le seul dont on avait une photo.

Dans le fond ça revient à ça, c'est un peu comme un ami qu'on aurait, qu'on aimerait par-dessus tout, au point de l'installer juste à côté, histoire de l'avoir tout près de soi, dans une petite bicoque spécialement conçue pour lui. Un être constamment entouré d'attentions, existentiellement choyé, quelqu'un qu'on devance en tout et qu'on nourrit sans cesse, qu'on va même jusqu'à laver quand le besoin s'en fait sentir, qu'on bichonne comme un frangin, quelqu'un à qui on s'attache par la force des choses et qui à la longue vous devient aussi indispensable qu'un frangin, tout aussi familier. Un pote dont on exauce le moindre vœu, auquel on fait tout pour qu'il profite, pour qu'il soit bien, et puis un beau jour, paff, un grand coup sur la tronche.

Le pire c'est qu'on s'en faisait presque une fête de ces procédés-là, d'ailleurs pour ce genre de rituels on attendait toujours qu'il y ait de la famille, histoire de donner plus d'ampleur à la fête et de pouvoir partager. Venant de nous ça partait d'un bon sentiment. L'usage voudrait d'attendre novembre pour faire ça, mais depuis l'invention du congélateur on n'a plus besoin de l'hiver.

— Un cochon ça se tue avec un couteau, même un couteau à pain si on n'a que ça ; et suffit juste de lui visser dans le lard comme si c'était un homme...

La grand-mère avait de ces anachronismes qui nous révoltaient tous, d'autant que tout le plaisir vient justement du coup de pistolet.

En plus de la grand-mère, on avait Monsieur mots croisés sur le dos, à tout commenter, et les autres en seconds rideaux, les socquettes blanches et la moue mentholée. Bien sûr ils n'avaient pas fermé l'œil de la nuit, à cause de tout un tas de choses qui font le charme du rustique : des bruissements du grenier aux flaques d'eau sur les murs, des deux coqs de cinq heures aux motifs qui remuent dans le papier peint. Comme disait le père, histoire au moins de les réconforter : le changement de lit, ça dépayse.

À croire que c'était trop cru comme spectacle, ou que ça faisait trop vrai. Qu'on s'apprête à flinguer froidement cette pauvre bête, qu'on la course en la faisant râler, ils trouvaient ça barbare. Les cons, qu'on pensait. D'autant qu'il n'y a pas plus écologique comme procédé. Le plus cruel d'après eux, c'est que même au moment de la zigouiller on continuait de l'appeler par son prénom. L'Impayé qu'on lui disait, viens ici mon petit, viens là, viens voir papa... Et cet idiot d'Impayé — pas méfiant pour un rond — qui sortait de son trou, apprivoisé comme un chaton, la tête haute pour un cochon.

— Dis, la globule, tu voudrais pas te reculer.

C'était plus fort qu'eux, fallait qu'ils regardent. Plutôt que de nous laisser faire ils restaient plantés là, sans se rendre compte qu'ils gênaient, sans même l'idée de prendre une photo. Pourtant c'était bien leur présence qui jetait ce froid, c'était eux qui instauraient ce climat de suspicion, une réprobation qui nous énervait tous, y compris le cochon, et qui faisait mine de rien basculer l'ambiance de la gastronomie à l'assassinat. Il y avait une tension terrible dans ces moments-là, une pesanteur qui ne venait pas tant de l'exécution elle-même que de ce prodigieux décalage qui s'accentuait entre eux et nous, comme si d'un coup on leur devenait encore plus étrangers, encore plus illisibles. Parfois, ils en venaient même à prendre parti pour la bête, à croire qu'ils attendaient que le cochon reprenne le dessus, qu'en fin de compte ce soit lui qui nous corrige.

La moins indisposée dans l'histoire, c'était bien la grand-mère. Il faut reconnaître qu'elle en avait vu d'autres. Sans parler de ces deux ou trois guerres mondiales qu'elle avait traversées, et toutes sortes de conflits familiaux, son quotidien était pimenté de glorieuses réjouissances. La vieille, c'est sans broncher qu'elle te gavait une oie à mains nues et qu'elle décapsulait les poules, c'est sans tiquer qu'elle ôtait son pyjama à monsieur lièvre, juste après lui avoir fait le coup du lapin. Sa seule délicatesse dans la vie, c'était de dépiauter méthodiquement ses bonbons, tout en repliant bien le papier et en prenant tout le temps de les laisser fondre. Pour le reste, toutes ces activités que la vie suppose, elle y allait franco. C'est vrai que de son temps on faisait l'impasse sur pas mal d'états d'âme. De son temps on t'arrachait les dents avec une poignée de porte et on t'accouchait à même le champ, de son temps on te curetait les entrailles sans anesthésie et on te suçait le poumon avec des vers de vase, et quand une guerre passait dans le coin, quand les états-majors élisaient les parages, alors là c'était le grand cirque... d'autant qu'à l'époque le spectacle se donnait à balles réelles, d'ailleurs il nous en reste des trous un peu partout dans le coin, des trous-du-cul-d'obus comme on les appelle, des cuvettes pas trop naturelles où doivent sédimenter pas mal de nos ancêtres. Comme dit la grand-mère, depuis Clovis le canton n'a jamais été aussi calme, c'est peut-être même la première fois que c'est vraiment calme. C'est pour ça que de sentir les autres pâlir à l'idée de voir du sang, de les savoir tout retournés pour un simple coup de pétard, prétextant que le cochon ce serait un animal et qu'à ce titre ça lui ouvrirait des droits, la grand-mère ça la révoltait. Calme-toi mémé, qu'on lui disait, calme-toi, et d'abord mets tes dents quand tu parles.

Ça faisait toujours un drame ces séances-là, et à force d'endurer leurs soupirs, à force de les sentir remués jusqu'au malaise, nous venait chaque fois l'idée de nous sentir coupables.

Seulement voilà, il est des rites auxquels il faut savoir sacrifier, d'autant que flinguer un cochon n'a rien d'extravagant, ça n'est ni plus ni moins qu'une sorte de corrida domestique, doucereuse barbarie légitimée par l'usage. Et s'il est clair que de nos jours il faut plus que de la faim pour tuer soi-même son cochon, et méthodiquement le dépouiller, puis lui visser le jus dans le sens des boyaux, il n'empêche que ça fait partie de la vie... Mais vous n'allez tout de même pas lui faire ça ? Ta gueule, qu'on pensait, sans jamais vraiment le dire.

Le plus pénible dans tout ça, c'était de coincer le cochon. Jusque-là la brave bête pensait que c'était pour rire qu'on la coursait, une façon de jouer, si bien qu'au lieu de prendre peur elle se défilait gaminement, gigotait sans cesse. D'autre part c'est pas simple d'en vouloir brutalement à quelqu'un, de se mettre froidement à le détester. Pour le père évidemment ça allait de soi, lui pour un oui ou pour un non il se fâchait, dans le genre soupe au lait c'était une vraie soupière, alors que nous autres il fallait d'abord qu'on se concentre, il fallait qu'on s'énerve pour se dépasser l'état d'âme.

L'épreuve était d'autant plus délicate que le petit Thom avait les bras trop courts pour faire le tour du cochon et que le Totor moyen ne nous aidait que d'une main à cause de son cahier. Quant à papa, il avait déjà les mains prises par le pistolet — toute la difficulté étant pour lui de le dissimuler tant que possible. Le seul à tenir vraiment la bête en fin de compte, c'était moi.

Au hasard de la chorégraphie le père ajustait son coup, soucieux de ne pas trop viser l'audience, s'énervant crescendo au fil des dérapages. Le cochon — toujours dans l'esprit de la déconnade — devenait de moins en moins tenable, gigotant au possible, ne serait-ce que pour voir lequel d'entre nous tiendrait le plus longtemps. Du coup ils se marraient, nos critiques, à croire qu'ils prenaient ça pour un cirque, à croire que de nous voir valser à la nuque du bestiau était irrésistible. Au moins ça détendait l'ambiance, ça dédramatisait. Mais à un moment ou à un autre il fallait bien que le coup parte, et là, en général, elle retombait d'un coup l'ambiance.

Était-ce l'énervement, la pesanteur du climat, toujours est-il que ce jour-là l'ambiance retomba encore plus profond que d'habitude. En effet, va savoir pourquoi ce jour-là le coup partit dans une direction parfaitement inattendue, touchant l'oncle en pleine poitrine en plus de déstabiliser tout le monde. Le pauvre homme s'écroula sur place, sobrement tout de même, et déjà le père nous gueulait dessus parce qu'on avait relâché la bête.

Évidemment le week-end était foutu. Évidemment la tante en fut toute retournée, puis vite prise de débordements, tellement bouleversée que pour le coup elle ne pensa même pas à nous en vouloir. Sans le moindre discernement elle se mit à hurler que son bonhomme était mort, sans même en être sûre, sans même vraiment prendre la précaution de regarder. Dans un réflexe maternel elle ramena ses gosses à elle, pour pas qu'ils voient ça.

C'était notre tour de ne plus savoir quoi faire et de rester plantés là, l'air bête, fuyant au possible. Tout ce qu'il y a de sûr c'est que vu la configuration de la blessure, on n'avait rien pour soigner ça. Le seul vrai médicament qu'on ait ici c'est l'aspirine.

La grand-mère se contenta d'un je vous l'avais bien dit, et plutôt que d'en rester là, plutôt que d'intégrer sobrement le chagrin, elle commença à dire que c'était de sa faute aussi à l'autre, qu'il n'avait qu'à pas se trouver là. Dans le fond ça l'arrangeait bien la grand-mère, pour ce qui est des prénoms ça en ferait toujours un de moins à se rappeler.

— Mais non mémé, celui-là c'était Roger.

Prénom ou pas, toujours est-il que c'était moche de le voir là, à même la cour, lui qui pour rien au monde ne s'y serait agenouillé. D'avance on avait une petite idée de ce que donnerait la photo. D'avance on la voyait dans les pages du canton, ou peut-être même à la une, à moins bien sûr que les gendarmes n'arrivent avant ces messieurs du journal, auquel cas le tonton serait déjà déblayé au moment de l'interview.

Pour l'occasion la mère nous fit une migraine d'exception, le genre de migraine à piqûres que méritait largement la situation. Rien que de voir la voiture au bleu typique s'immobiliser dans la cour, rien que de voir le gendarme en sortir — un brave type cela dit —, maman vira d'abord au jaune pâle, puis au citron, avant de se plaquer les deux paumes sur le front et de décrire des grandes sphères avec les coudes.

Un visage tout conçu à partir du nez, une corpulence adéquate, l'uniforme luisant comme une panoplie, c'était pourtant un gendarme tout ce qu'il y a d'officiel, assez proche toutefois de l'idée qu'on se fait de la marionnette. Avec lui c'était toujours très perturbant de se mettre à parler de choses sérieuses, d'autant qu'il s'appliquait à toujours tout dédramatiser, pas tant par sollicitude que par souci de se désengager, soulager tant que possible ses interventions.

On ne l'a pas fait exprès. Voilà autour de quoi s'articula la défense, une justification d'autant mieux perçue qu'elle était sincère, et que l'officier n'avait nullement l'intention de nous suspecter. Lui mieux que personne mesurait les périls de la chasse, y compris à domicile, et en tant que gendarme il savait très bien qu'il n'est pas besoin de malveillance pour faire des histoires avec une arme à feu. D'ailleurs tous les ans c'est lui qui ramassait ces braves chasseurs tombés au champ d'honneur, des abrutis à découvert ou des finauds trop bien planqués, de l'homicide peut-être, mais sans pour autant qu'il soit besoin de mobile ou de présomption, et encore moins d'inculpé. En tant que gendarme, il était bien placé pour savoir ce que c'est qu'un accident. Un homme aussi rompu aux péripéties de la vie, un homme initié aux coulisses de tant de drames, chroniqueur de tant de procès-verbaux, ne sous-estime en rien l'inconséquence des choses ; le seul problème en l'occurrence étant que notre tonton soit tombé bien avant que la chasse soit ouverte, au bas mot six mois, un simple problème de concordance de dates.

Histoire de souder l'ambiance, de marquer le coup comme il convient, la grand-mère proposa de sortir une bouteille d'exception, de celles que nous envoyait l'oncle pipeau de la fanfare de Cayenne, un légionnaire certes, mais pipeau quand même. Une fois l'an le musicien nous envoyait ses réserves, des bouteilles de dix mille kilomètres qui faisaient rêver le monde. Chaque fois qu'elle sortait son rhum blanc elle ne se privait pas d'orgueil la mémé, insistant lourdement sur l'héroïsme de celui qui avait choisi le corps d'élite, le tonton dont on guettait la brosse tous les ans à la télé, décortiquant un à un tous les gars du 14-Juillet, même si la solennité du contexte fait qu'ils se ressemblent tous.

C'est donc au nom de la patrie qu'elle invita le gendarme à trinquer, sachant d'avance qu'elle toucherait là la fibre, et que cette haute communion dans l'idée de nation nous vaudrait de l'indulgence.

La tête échouée sur le calendrier, l'index en curseur, tout gradé qu'il était notre ami n'en était pas moins embarrassé, contrarié en tout cas par cette histoire de dates — la meilleure solution étant à première vue d'attendre l'ouverture de la chasse pour déclarer l'accident. À un moment il nous demanda même où en était notre congélateur, signe qu'il commençait à partir dans des hypothèses auxquelles le planteur n'était pas étranger. La grand-mère avait beau lui répéter qu'on pourrait éluder toutes ces paperasses, faire l'impasse sur les formalités, l'officier sentait de son devoir de déclarer aux autorités que le tonton venait de nous quitter, sans quoi on continuerait de lui réclamer ses impôts. Au risque de nous gâcher l'après-midi il parla même de passer au poste, afin de consigner rigoureusement les dépositions.

Il a fallu que la grand-mère invente quantité de toasts, des prétextes plus ou moins bricolés, pour que le brigadier repasse au civil, qu'il tombe un peu la veste et déconnecte au point de nous laisser jouer avec son képi. N'empêche qu'au bout de cinq verres il nous l'a fait son grand trait, un coup de stylo en travers du papier, inestimable rature qui concluait définitivement au suicide.

Après nous être réconciliés avec l'État de droit, il a fallu s'occuper de la tante, lui trouver les mots pour lui faire comprendre que ce genre de pépin ça arrive tout le temps, à la campagne, preuve que le bon air, tout bienfaisant qu'il soit, n'en a pas moins ses revers.

Le soir, au moment de passer à table, on eut comme un pincement en réalisant qu'il y avait un couvert de trop. Un tantinet nostalgique, la tante évoqua ce qu'elle croyait être les dernières volontés de son époux, qu'il faudrait donc le réduire en urne, l'Historien, d'autant que ça serait plus pratique pour le ramener.

Après un long moment de silence, un ange n'en finissant plus de passer, la voix de maman nous revint d'un coup, comme la tête sur les épaules, la mère enfin guérie : — Au fait, et le muguet ! Complètement oublié de cueillir le muguet.

Le matin, pour peu qu'il ait plu, pour peu que les fenêtres soient ouvertes sur une odeur de terre, le soleil hissé dans un ciel rincé, avec à la radio des airs qui donnent l'envie de chanter, les jingles des publicités, on peut dire qu'on avait tout. D'ici on voyait les Pyrénées, à trois cents kilomètres de là. Entre eux et nous une terre au calme plat, bleutée comme dans l'atlas, et au bout de ça les neiges éternelles dressées dans leur oxygène.

Le soir aussi on était bien, à jouer dans la cour après manger. On jouait en fonction de ce qu'on avait vu à la télé. On se marquait des buts après France-Angleterre, on faisait Roland-Garros avec des fausses raquettes et le Tour de France avec des vrais vélos. Mais pour les gagner sans cesse ces épreuves-là, pour démonter chaque fois l'Angleterre et arriver premier en haut des cols, on ne nous voyait jamais à la télé. Pourtant tout y était, on portait le nom de nos vedettes, on mimait tous leurs gestes, on reprenait leurs travers, au fond il n'y a guère que les supporters qui manquaient. Ceux-là ils n'étaient jamais là. Les performances avaient beau être à la hauteur, les enjeux cruciaux et les défis chaque fois relevés, le public ne venait pas.

Puisqu'il n'y a pas le moindre plaisir à gagner seul, chez nous c'est la haie qui faisait le public, et même si elle bruissait bien certains soirs, même si des feuilles montait une clameur... cela dit elle le faisait même quand on ne jouait pas.

Le plus fort c'est qu'on entendait les commentateurs, avec ces phrases toutes faites des gens de la télé, des formules à l'emporte-pièce qui nous donnaient des ailes, des enthousiasmes qui nous exaltaient, nous décuplaient, jusqu'à ce que la voix de la cuisine nous ordonne de rentrer.

Tout ce qu'il y a de sûr c'est que la mère elle n'en avait pas de ces voix-là. Elle, elle s'en fichait pas mal des appréciations, et de ce qu'elle faisait à longueur de journée elle n'attendait rien, ni reconnaissance ni commentaires, pas le moindre satisfecit. Trop modeste pour être championne la mère, aucun sens du destin. Si ça n'avait tenu qu'à elle, jamais rien de bon ne nous serait arrivé, jamais on n'aurait fait à ce point parler de nous, jusqu'à être hissés au rang de symboles, en tout état de cause jamais on se serait pris un Boeing sur la tronche.

La population a mauvais esprit. Ainsi quand les gens voyaient passer notre voiture, une vieille R 16 comme on n'en fait plus, on voyait bien qu'on les faisait rire. Cette ironie visait peut-être l'allure générale de l'attelage, ou le fait d'installer la grand-mère dans le hayon arrière, imperturbable sur son fauteuil, exposée comme en vitrine. C'était pourtant elle qui voulait qu'on l'installe là, avec la route qui se débine en point de mire. La vieille, elle ne supportait pas l'idée d'être à l'avant. De voir tous ces virages qui vous arrivent de face, tous ces poteaux qui vous foncent dessus et ces voitures à contresens, ça la remuait autant qu'un film à grand spectacle. Alors que de voir les tournants s'étirer gentiment par l'arrière, de voir le long ruban se dérouler docile, à peine marqué par notre passage, ça la rassurait. D'autant que des virages il y en a de beaux par chez nous, de longs virages avec des nuances de vert et des dégradés d'altitudes, des petites tranches de

circonférences qui épousent gentiment le relief, tous plus ou moins bordés de fougères ou
d'aubépines, quand ils ne sont pas carrément
en chênes, avec pour cimes le vert luisant des
feuilles, des troncs francs comme des obstacles.
Des virages qui, sans pour autant être de montagne, n'en sont pas moins impressionnants.

On était en retard ce jour-là. Certes le Mammouth ne ferme qu'à vingt heures, mais vu le
temps qu'il nous faut là-bas pour tout voir, vu
le temps que ça prend de recenser les nouveau-
tés, on était en retard. Dans ce genre de sanc-
tuaire-là notre but n'était pas précisément
d'acheter, tout juste était-il question pour nous
de flâner, errer d'allée en allée, flotter infini-
ment dans cet univers de possibles, empoigner
tel ou tel ustensile, voir la sensation que ça
ferait de l'acheter. Dans le fond elle nous vient
de là la valeur des choses, de l'insoupçonnée
distance que nous inflige leur étiquette. Tout
de même on emmenait bien chacun notre petite cuillère, histoire de goûter les confitures,
mais de le faire proprement.

Il paraît que ça faisait drôle de rouler derrière nous. Les suiveurs se retrouvaient nez à
nez avec une vieille chouette à la moue sévère,
la grand-mère, qui les fixait rudement, modu-
lant les signes en fonction de son humeur,
montrant le bâton à ceux qui collaient de près,
conjurant les camions, interdisant en tout état
de cause à quiconque de nous doubler. D'ail-

leurs chaque fois que quelqu'un s'osait au dé-
passement, d'avance on savait que ça se passerait mal, d'avance on savait qu'il nous jetterait
un sale œil, un regard curieux, parfois mé-
chant, et que ça nous vaudrait une bordée
d'épithètes clairement articulées. Papa par contre ne répondait jamais, non pas qu'il soit trop
zen ou trop détaché pour cela, mais tout bonnement parce qu'il n'entendait pas. De la route
en fait il s'en foutait pas mal. De nous tous c'est
peut-être même celui qui s'en préoccupait le
moins. Et si c'était bien lui qui tenait le volant,
si de fait il contrôlait la situation, dans le fond
il était autant passager que nous, spectateur
dans l'âme. Des champs des autres aux maisons
familières, de la taille des haies à la tonte des
moutons, un à un il révisait ses repères, le regard en balade et le mégot à l'air, jetant un œil
de temps en temps au bitume, juste pour s'assurer qu'on était toujours bien dessus. C'est sûrement dans cet état d'esprit que les oiseaux
surplombent les contrées qu'ils traversent, regardant le décor par la force des choses, sans
le moindre intérêt, mais regardant tout quand
même.

Tout de même, il donnait des petits coups de
volant quand le besoin s'en faisait sentir, quand
une vibration nous remontait de la route ou
qu'à l'oreille nous venait le bruit des graviers.
Il n'y a que les commandants de bord à être à
ce point dégagés, à ne s'impliquer que pour les

phases délicates, et croiser une voiture qui vous arrive de face, pour le père ça ne ressortait pas des phases délicates. Pas plus que de tourner d'un côté ou de l'autre, si bien que ce jour-là quand on a tourné à gauche comme on le fait toujours, histoire de prendre le raccourci, le novice qui était justement en train de nous doubler — une berline blanche — a dû faire un écart terrible pour nous éviter, et en ce qui le concerne un écart irrattrapable. Une chance tout de même qu'il ne nous ait pas touchés. Malgré le bruit terrible, malgré ce doute qui vous prend dès lors qu'une voiture disparaît brutalement de votre champ de vision, d'avance on savait que le père n'y était pour rien, d'avance on savait que c'était la faute au clignotant qui marchait mal, ou que son bras était trop court pour être visible depuis l'extérieur ; mais en aucun cas il ne l'avait fait exprès.

Tout de suite on se préoccupa de voir chez maman ce qui n'allait pas, des fois qu'elle réagisse mal. Une bourde pareille ça nous vaudrait une migraine d'exception, de celles qui lui clouent le bec pendant trois jours et nous culpabilisent jusqu'à temps qu'elle décolère. En fait non. Toujours aussi réactive elle commença bien sûr de blêmir, soucieuse par-dessus tout qu'on ne se mette pas en retard, rappelant sur le ton de l'anecdote que nous n'étions pas assurés. Dans ces conditions, papa promit qu'on ne s'arrêterait pas ; et on ne s'arrêta pas. Seul Totor ne put s'empêcher de protester. Tout muet qu'il était il nous piqua sa crise, parce que lui évidemment voulait voir ça de près, évidemment il voulait descendre, histoire de consigner la chose dans son cahier à spirale et de nous faire un chapitre là-dessus, comme n'importe qui d'autre ferait une photo.

D'ici on ne leur voyait que les roues. Les pauvres n'avaient dû faire qu'un tonneau simple, figure certes la plus élémentaire, mais la moins confortable après coup. Pas de doute qu'ils ne devaient pas péter le feu là-dedans, et autant il serait grand seigneur de leur porter secours, autant il serait malvenu d'être tenus pour responsables.

— Allez zou, ordonna la mère...

Et déjà se dessinait l'amertume d'avoir fait un accident pas banal, assez spectaculaire quant au résultat, et de ne même pas pouvoir s'en vanter.

Quand on revenait des courses, histoire de faire passer la rude désillusion de n'avoir rien acheté, histoire aussi de marquer le coup, on poussait chaque fois jusqu'au restoroute — le seul resto valable qu'il y ait dans le coin, et tout à fait abordable pour peu d'attraper la bretelle. Mais d'abord il fallait négocier avec le péagiste ; tu vois bien qu'on ne veut pas te la prendre ton autoroute, tout juste l'emprunter, juste faire ces dix kilomètres qu'on refera tout à l'heure en sens inverse. L'intransigeance résistait rarement à notre démonstration, si bien que le brave type nous relevait chaque fois sa barrière, aussi tranchant qu'un douanier, avec l'amertume de ceux qui ne sont pas du voyage.

Encore une chance qu'il y ait une autoroute dans le coin, sans quoi en terme de distraction on n'aurait vraiment rien. Sans compter tout le bonheur de manifester contre sa construction, ces grands moments de pique-nique et la joie souveraine de faire rimer les banderoles avec le nom du préfet.

Dix kilomètres. Dix kilomètres où la voiture n'était plus qu'un bruit, dix kilomètres de nuit noire où l'on ne se parlait plus. Le restoroute ça commençait toujours comme ça, par une croisière en eau froide et cette peur inédite de sentir autant de vibrations contradictoires, cette sensation de flotter. De chaque côté de la route les glissières encadraient notre glissade, affilées comme une lame, et le père qui traçait au milieu de ça, aussi distrait que quand il se rase, aussi peu sûr, le père qui se coupe à chaque fois. Quand on allait au restoroute, d'abord on n'avait plus d'estomac, d'abord on invoquait ce qui nous restait de catéchisme, jusqu'à ce qu'émerge enfin la longue pancarte bleue au bout des phares, les couverts blancs en icônes, signe qu'il fallait amorcer la décélération. Au détour d'une ultime courbe, enfin il était là, au beau milieu de la nuit comme à l'issue d'un tunnel, il était là à reluire dans les tons bleus, aussi prévisible qu'un gâteau d'anniversaire, aussi miraculeux.

Dans le parking, comme à chaque fois les mille places étaient libres, pourtant le père hésitait toujours et ne prenait jamais la même. Après le hall il y avait un long bar sur la gauche, sans jamais le moindre client, et au milieu de ça un personnel pas trop bavard. À droite c'était le restaurant de prestige, vide lui aussi, celui avec les menus à trois chiffres et des plantes vertes pour consoler les nappes blanches. Au premier étage c'était le self-service, une grande salle qui enjambe l'autoroute, une ambiance de cantine, la clientèle en moins. Sans même se poser la question on avançait tout droit vers l'escalier, même si chaque fois le père perdait un regard nostalgique vers le rez-de-chaussée, tout en se disant qu'un jour... Pourtant c'est bien plus intéressant d'être en haut, n'avoir dans l'assiette que des plats à deux chiffres, mais profiter du spectacle. Le plus marrant dans le restoroute c'est de regarder filer les voitures, de les voir d'encore plus près qu'aux grands prix. Tout en mangeant, le jeu c'était d'évaluer la vitesse, même si d'avance on savait qu'on n'aurait jamais la réponse.

C'était bon de dîner là-haut, on s'y sentait comme en transit, comme si c'était l'étape d'un long voyage. Du grand voyage en fin de compte on n'en prenait que le meilleur, autrement dit la halte. La halte, c'est là que s'exprime toute la saveur du périple, la pure magie de l'escale. Pour faire comme tout le monde on rêvait qu'on allait loin, on se disait des planches à voile sur le toit et un coffre plein de bagages, des clefs de location dans le sac de maman et des huiles au monoï pour se donner des couleurs. Dans ces cas-là on ne se parlait plus. Chacun rêvait par-delà ses frites, parfaitement comblé, ravi en même temps que rassasié.

Pour peu qu'en dessous ça se tasse, pour peu qu'il n'y ait plus de phares pour tracer, on se voyait tous en reflet dans la baie vitrée. Ça faisait comme une photo de famille, imprécise et changeante, et tout le temps que la pénombre durait on s'échangeait des regards, on se retrouvait sans même s'être perdus.

Oui mais voilà, à chaque fois qu'on dîne au restoroute il y a toujours un moment où tout bascule, un moment où l'on passe subtilement de l'allégresse à la routine, un moment vague où l'on n'est même plus très sûrs d'avoir vraiment envie de dessert. C'est pas que la vie nous pose brutalement des questions, c'est pas que des amis nous manquent ou que l'avenir tout d'un coup nous inquiète, c'est juste un vague à l'âme, un genre de marée montante qui à chaque fois nous prend là, juste après le fromage, et qui émane — maintenant on le sait — de leur musique à la con. Du pianoteux en boucle, des Schubertiades ou du Mozart, le tout liquide et terriblement froid.

Ce jour-là l'ambiance y était d'autant moins que chacun de ces bolides qui nous passaient dessous relançaient comme un trouble, des passages comme autant d'élancements. Ce jour-là les frites avaient beau être bonnes et les voitures rapides, la soirée avait beau être douce et la R 16 à l'aise sur le parking, il n'empêche que nous venait à tous comme un remords. C'est cet accident du matin qui nous posait problème, c'est lui dont le souvenir nous taraudait, et si on l'avait tous encore en tête, si quelque part il y résonnait, dans le fond on n'était plus très sûrs de l'avoir bien eu.

De les voir le lendemain dans le journal, en aussi gros que la révocation d'un ministre, on était presque soulagés. En fait ils étaient cinq dans la voiture, des Allemands. Y figurait même leur identité, comme ça les présentations étaient faites. L'article parlait d'une perte de contrôle incompréhensible, d'un véhicule subitement devenu fou, rupture de direction peut-être, à moins que le chauffeur ne se soit brutalement endormi au volant. Et même si le reportage ne faisait aucune allusion à nous, il n'empêche qu'on s'y retrouvait en filigrane, qu'on s'y lisait entre les lignes.

Maman par contre affichait un total désintérêt face à tout ça, à croire qu'elle ne ressentait pas le moindre orgueil, pas le plus petit émoustillement. C'est à peine si elle jeta un coup d'œil à la une, avant de s'en détourner froidement, sans douleur ni colère, pas même le plus petit élancement. À croire que ça ne lui faisait rien de nous voir dans le journal. Bien sûr ça n'était pas une photo de nous, mais d'un certain point de vue c'était bien notre accident qu'il y avait là, et en pleine page, et cette bagnole c'est tout de même bien nous qui l'avions mise sur le toit — une position qui d'ailleurs faisait tout le spectaculaire de l'image.

Il faut reconnaître que depuis le coup du Boeing la pauvre femme n'avait plus qu'une hantise, voir qu'on parle de nous dans la presse. Le Boeing, et tout le ramdam qu'il y avait eu autour, le remue-ménage occasionné par cette cascade céleste, tout cela l'avait traumatisée à vie. En ce qui la concerne, pas de doute que sa discrétion naturelle lui interdisait toute forme de mise en avant, pas de doute qu'elle vivait mal les attributions du vedettariat, et rien de tout ça ne l'avait chamboulée la mère, pas plus cet avion qui gisait là à terre, que cette ambiance parfaitement débridée qui régnait autour, une précipitation inhérente au travail de secours et à ceux dont le métier est de les montrer.

Et autant on trouvait tous enthousiasmant de participer à ce grand cirque, autant on était fiers d'avoir sous le nez le grand show-biz des grands médias — des journalistes que tout le monde connaît de vue, et qui pour le coup étaient là pour de vrai —, autant la mère avait scrupuleusement tourné le dos à tout ça, même pas flattée d'avoir ce gratin dans sa cour, même pas émue.

Il faut bien reconnaître que si ce dérèglement, cette ambiance permanente de branle-bas de combat, nous avait tous distraits, pour la mère ce fut une tout autre histoire. Ce scratch, en fin de compte, c'est bien elle qui en avait le plus fait les frais. À cause de son obsession du ménage, cette maniaquerie compulsive, elle n'avait eu de cesse de poursuivre tout le monde avec son torchon, persécutant la sécurité civile et les journalistes d'injonctions domestiques, des recommandations assorties de menaces plus ou moins explicites, des remontrances qui cassaient l'ambiance en plus de terroriser tout le monde. Et bien qu'à l'époque le vrai drame était dehors, bien que l'insoutenable c'était de voir les jeux de reflets de ce grand jet en miettes, ce qui la choquait le plus c'était de voir tous ces journalistes qui allaient et venaient dans la maison, histoire de grignoter un truc ou de se laver les mains, nous salopant le carrelage en faisant des traces de pas.

À cause de ce Boeing on n'en sortait plus, des traces de pas. Une vraie catastrophe. Deux semaines rien que pour ravoir le carrelage. Et même si la mère s'était bien rattrapée avec les sandwiches — vingt francs pièce, et cinquante pour ceux qui ne comptaient pas français —, il n'en reste pas moins que l'histoire nous avait coûté une fortune rien qu'en produits d'entretien.

Pendant que la mère veillait à l'intendance, avec le père on se livrait à l'exercice autrement plus délicat de la conférence de presse. D'autant qu'on s'était fait un devoir de satisfaire tout le monde, et dans un peu toutes les langues. À l'époque on avait même protesté contre toute idée d'exclusivité, si bien que cent fois il nous aura fallu leur dire et leur redire comment l'avion s'était d'abord mis à tousser tout là-haut, avant de s'incliner piteusement par le nez, puis de se mettre à nous viser, nous faisant croire dans un premier temps à de la visite.

C'était d'autant plus difficile à raconter qu'on n'avait rien vu, rien entendu, et que pour tout dire c'est le chahut des pompiers qui nous avait tirés du lit sur le coup de cinq heures du matin. Mais vu que ça leur semblait important d'avoir des témoins, vu qu'à défaut d'images ou de survivants il leur fallait des autochtones suffisamment inspirés, on a tout de suite coopéré. La seule contrainte pour nous étant évidemment de bien répondre chaque fois la même chose, et de ne pas trop sourire pendant les interviews. Pour faire un brin couleur locale, certains proposèrent même de flanquer la grand-mère au premier plan, histoire de suggérer le pathétique, à moins que ce ne fût pour accentuer le décalage entre le prodige de l'aéronautique et ses vieilles blouses à fleurs. D'ailleurs il est bien clair que si notre collaboration avait dû en rester là, s'il s'était seulement agi pour nous de relater du crédible, on l'aurait fait bénévolement, mais dès lors qu'ils se sont mis à nous parler de versions annexes, histoire d'épaissir le mystère et de relancer chaque jour les hypothèses, nous de notre côté on s'est mis à parler compensations — ne serait-ce que pour récupérer sur l'argent de la redevance. Et si l'idée des dolmens qui aimantent, ou celle des vestiges cathares qui auraient sucé l'appareil, c'étaient des idées à eux, la soucoupe volante par contre ça venait de nous. Des tas de suppositions pas trop rocambolesques qui avaient le mérite de remotiver l'audience, d'autant qu'à ce moment-là le monde était au calme plat, et que le seul événement véritablement marquant c'était ce machin échoué au fond du pré. De sorte que chaque soir, le Journal de 20 heures démarrait depuis chez nous.

Antenne dans deux minutes...

C'est vrai que c'est impressionnant. Savoir que la France est là au bout du fil, savoir que dans deux minutes ça va être à vous et que votre tête va débarquer en bout de table de M. Tout-le-Monde, dans des salons de toutes sortes, des ambiances plus ou moins propices, c'est vrai que ça intimide. D'ailleurs à moins cinq ils viraient tous au trac, ils devenaient tous fébriles et révisaient leurs fiches, se rebricolant un naturel alors que nous autres on faisait l'impasse sur le maquillage, le nez scotché sur l'écran de contrôle, guettant l'apparition de notre chez-nous dans le générique, juste après la météo. Vous y êtes ?... Ça y est, c'est à vous !

Et c'est vrai qu'à ce moment-là, au moment précis de passer à l'antenne, quoi qu'on dise il fallait bien qu'on décolle le nez de l'écran, signe que la seule contrainte pour passer à la télé c'est de ne pas être en train de la regarder.

Toujours est-il que le petit monde des médias n'aura pas eu à se plaindre de nous, pas plus que ces messieurs des secours ou de l'aviation civile, parce que dans l'ensemble on aura sacrément coopéré, on aura même fait que ça pendant quinze jours. En fin de compte, entre les autorités et nous il n'y aura guère eu que ce petit accroc au sujet de la boîte noire, parce qu'ils l'auront cherché partout, leur mouchard, mille fois ils nous auront demandé si on ne l'avait pas vu, mille fois ils auront retourné le jardin en foutant tout en l'air, et pourtant on ne leur a jamais dit où elle était leur boîte noire, d'autant qu'il y en avait deux et qu'elles étaient orange.

Dans ce climat de dernier acte, ces opéras improvisés que sont les catastrophes, seule maman avait passé son temps à fuir les caméras, se braquant dès lors que le moindre objectif la pointait et n'hésitant pas à envoyer valdinguer tous ceux qui insistaient. Bien trop modeste notre pauvre mère, pas le genre à faire de l'ambition, pas la moindre folie des grandeurs, elle aura même refusé de leur faire le témoin pour un sujet sur les migraineux. Une sacrée abnégation la maman, à croire que sa seule véritable satisfaction dans la vie ce soit de répondre au jour le jour à tous ces petits problèmes que pose chez nous la vie quotidienne, un sens inné de l'improvisation qui fait que, même fauchés, on mange tous les jours et on reste tout le temps propres.

Quant à la grand-mère, elle avait vécu ça comme l'affirmation tapageuse de ses imprécations, le certificat de ses intuitions, parce qu'avec toutes ces histoires d'étoiles et de spoutniks, tous ces engins qui se croisent au-dessus de nos têtes, ça faisait longtemps qu'elle promettait qu'on s'en prendrait un sur la tronche.

Un autre qui était resté un peu en retrait durant tout le temps des événements, c'était le Totor, trop occupé qu'il était à tout consigner, à collecter nos coupures de presse et nos moindres interviews. Une fois rassemblé le tout, les photos, les articles et autres encarts parlant de nous, il s'asseyait chaque soir en bout de table, et plutôt que de prendre sa colle en tube et de ficher ça dans son cahier, plutôt que de nous faire un bel album d'images, il prenait des notes. À croire que l'inspiration lui venait en regardant ça, un peu comme le peintre soupèse son modèle et le poète se contemple l'âme. Quant à savoir ce qu'il gribouillait, personne s'en souciait. Toujours est-il que ça l'occupait, au point même de le dispenser de télé. Une fois son affaire faite, il jetait toutes ses sources au feu, les images, les articles, les photos, comme si ordre lui était fait de vite vite s'en débarrasser, ou qu'il y aurait une malédiction à les conserver. Cela dit on n'osait jamais le contredire le frangin, on lui passait tout.

Si bien que de tous ces événements il ne nous reste rien, pas la moindre photo, pas le moindre article ; rien. Et vu qu'à l'époque nous n'avions pas encore le magnétoscope, et que le Totor interdisait à quiconque de fourrer le nez dans ses cahiers, de notre heure de gloire en fin de compte on n'a rien à montrer.

Toujours dans ce même esprit d'hagiographe, il comptait bien étudier la voiture des Allemands, histoire de nous faire un nouveau chapitre, d'autant que ça le changerait du thème un peu rebattu de l'aviation, mais sitôt lu le journal avait déjà disparu.

C'est que la pauvre Opel gisait déjà là-bas sur l'évier, chiffonnée de plus belle, avec une rangée de harengs lui bâillant péniblement dessus.

Il n'empêche qu'après le souper le frangin défroissa scrupuleusement les Teutons, sortit sa trousse et son cahier, et passa la soirée à s'épancher là-dessus. Une fois le chapitre terminé, il flanqua l'Opel dans la cheminée, sans même s'inquiéter de savoir si quelqu'un voulait l'encadrer.

Si la mère s'avérait parfaitement hermétique à la société du spectacle, insensible aux grands desseins, si par son manque d'ambition elle légitimait nos généalogies d'arbres secs — des vieilles souches qui depuis toujours nous reléguaient aux seconds rôles —, il faut reconnaître que la pauvre femme avait déjà assez à faire avec la maison. Avec un mari dont on ne veut même plus au chômage, brave type recalé à toutes sortes d'allocations, avec en prime une belle-mère sans le moindre intérêt, pas même la plus petite pension de réversion, et trois sales gosses comme nous qui ne vont jamais à l'école — parce qu'on n'a pas trop le temps et que les cartables sont trop lourds —, autant dire qu'il y avait des traces de pas dans la maison et que ça lui en faisait, des bouches à nourrir, sans compter la gueule toujours ouverte des animaux de basse-cour, une fortune rien qu'en condiments. Et les courses, déjà que ça n'est pas commode de les faire quand on a de l'argent, sans une thune ça devient carrément compliqué. Parfois, juste pour faire des économies, on ne mangeait pas. Et même si le père avait sa stratégie par rapport à tout ça, même si au lieu de gagner de l'argent son idée c'était de ne pas en dépenser — ce qui dans le fond revient au même —, il n'empêche que même bien à l'abri, même en ne sortant pas de chez soi, quantité de comptabilités vous sollicitent.

Encore une chance qu'il y avait les jeux quiz et les concours, sans quoi on continuerait de voir maman toujours ressortir du supermarché entre deux vigiles. Et puis on en avait marre de manger du poisson en briques. Le merlu congelé, sous prétexte que c'est plus plat que le bœuf, et que dans la poche ça se tient mieux et ça saigne pas, elle en ramenait tous les jours. C'est pourquoi, vu que nous n'avions pas de fortune personnelle, et pas plus les moyens de jouer au loto, en terme de fin de mois on s'était rabattus sur les concours. Entre les camemberts et les yaourts, entre les boissons à gaz et les légumes en boîte, on ne mangeait plus que des trucs qui peuvent rapporter gros. Notre salut c'était l'emballage à pointillés, la nourriture à quiz, et à force de bien chercher dans le dictionnaire, à force d'accumuler les bonnes réponses et les bons de réduction, en fin de compte c'était toujours les caissières qui nous devaient de l'argent. Plus on amassait et plus le Mousquetaire était perdant. Une vraie rente. Le coup des concours, non seulement ça justifiait que le Totor ait un jour appris à écrire, mais en prime ça nous bouclait le budget.

Bien sûr, à titre de nationaux on avait droit à toutes sortes de minima, une panoplie de garde-fous qui maintiennent dans le social, des petites sommes bien sûr, mais distribuées gratuitement à la mairie. Cela dit il n'allait jamais bien loin leur viatique, ça payait juste les gâteaux à apéritif et l'essence pour aller les chercher.

C'est pourquoi, riche de tous ces compléments, et même si elle n'était pas à proprement parler comblée, notre brave mère n'avait pas non plus à se plaindre. D'ailleurs c'est elle-même qui disait qu'on avait tout, éludant par là toute forme de revendication, excluant d'avance toute velléité de l'ordre de la tentative ou de l'ambition.

Pas de doute que si on n'écoutait qu'elle, si on ne s'en tenait qu'à sa façon de voir les choses, on serait à ce point satisfaits de nos petites vies qu'on s'en ferait des projets d'idéal. Des gamins aux printemps, des couches chez Auchan et des petits pots pour faire pousser le monde, et comme ça on perpétuerait le petit schéma pépère qui a échoué jusqu'à nous, un réseau de filiations sans vrai sens du progrès, sans vrai progrès jusque-là. Si ça ne tenait qu'à la mère, aucun de ces miracles ne nous serait arrivé, jamais on n'aurait fini pendu au cou d'un président de la République, histoire que l'élu nous exprime toute sa gratitude, nous encense, jusqu'à faire de nous cette projection un peu osée de la rédemption sociale. Hé, ho ! la mère, un peu de grandeur que diable, quitte à rentrer dans le troisième millénaire, autant y aller la tête haute.

Après le siècle des Lumières, il y eut celui de l'électricité, et très vite celui des économies de bouts de chandelles. Chez nous la question du repas se reposait souvent, toujours incertaine quant à sa réponse, guère variable quant au résultat. Depuis le coup du tonton plus personne n'osait reparler du cochon, à croire qu'il y aurait eu une malédiction à le faire, un péril à y repenser. Pour l'animal c'était toujours ça de pris, un genre de sursis. Cela dit, histoire de ne pas trop rester sur un échec, et malgré la douleur d'avoir perdu un des siens, d'une façon ou d'une autre il nous fallait bien prendre la revanche.

Pourtant il était loin d'être mûr, notre casse-croûte, à croire que l'épisode de l'autre fois avait été pour lui comme une révélation, l'élucidation de ce choyage existentiel. Histoire d'invalider nos arrière-pensées, la sale bête s'était résolue à ne plus rien avaler, si bien qu'à la voir, elle inspirait bien plus la pitié qu'autre chose.

C'est dur de voir son cochon dépérir, de le voir virer du charcutesque à l'anémique, et si l'usage veut que l'on parle toujours de vaches maigres, le cochon qui s'anémie est assez parlant lui aussi. On avait beau essayer de le doper à toutes sortes de farines, histoire de lui refiler du jus, on ne lui voyait plus que la peau sur les os, ce qui laissait augurer des côtelettes anguleuses et du gras-double guère divisible. Depuis un mois l'animal faisait même la fine bouche sur nos pelures, les laissant pour ce qu'elles étaient, tous ces restes dont auparavant il se faisait des gueuletons, voilà qu'il les dédaignait, ingrat jusqu'à l'offense. D'ailleurs il ne sortait plus de son trou le bestiau, ne foutait plus le nez dehors, et quand bien même lui ouvrait-on sa porte en grand, la sale bête se terrait au fond de son trou, autiste comme un faisan. Même pas moyen de l'amadouer pour le faire sortir, pas le moindre chantage à l'affectif.

Le flinguer directement dans son bouge, c'était hors de question, parce que le plafond était trop bas pour se tenir droit et le sol tellement liquide que l'équilibre n'était pas tenable. Et déjà que le père avait du mal à butter un cochon alors qu'on était cinq à le lui tenir, pas question d'ajuster le pachyderme accroupi dans deux mètres cubes de bouse. Restait à découper des tranches fines sur le jambon encore vivant, mais même si l'idée circula un temps, personne n'était pour.

Un beau matin, définitivement révolté par ce chantage, soulevé par une mauvaise humeur organique, le père résolut pourtant d'en finir. D'autorité il envoya le petit Thom dans le trou, comme s'il s'agissait de rabattre un vulgaire lapin, à un contre un. Bien que le cochon fût rudement diminué par son régime, la lutte n'en demeurait pas moins inégale. Aux bruits, ça s'entendait bien. Dix fois on a craint que le frangin ne se soit fait définitivement acculer. Mais là encore la grand-mère se montra rassurante, nous certifiant qu'en près de deux demi-siècles à la ferme elle n'avait encore jamais entendu parler de cochon carnivore. Et chaque fois la voix du petit Thom nous revenait du fond de la grotte, lointaine comme un scrupule ; ça va, ça va, tout va bien. Un peu en retrait, là encore le Totor ne manquait rien, et plutôt que de prendre une photo, il notait tout, comptant sur un retournement quelconque de la situation pour donner du relief à son texte.

À un moment le petit Thom a dû lui faire quelque chose de l'ordre du coup bas, toujours est-il que l'Impayé a giclé de là-dedans comme sous l'effet d'un shoot. Dans la foulée il transperça le petit cercle que nous formions autour, puis il continua de filer en ricochant de partout, glissant comme une anguille sur un parquet ciré. C'est plus d'un repas qui nous filait sous le nez, et l'amertume des assiettes vides nous fit venir toute une chronologie d'épithètes en fonction de l'âge, allant de *salaud* pour la grand-mère jusqu'à bien pire en ce qui nous concerne.

Avant de le courser il fallut d'abord relever la mémé, à croire qu'il l'avait visée. Une fois son fauteuil rebricolé, on lui a tapoté sur les joues, histoire qu'elle nous revienne avec toute sa tête. À ce moment-là il y eut comme une lueur d'espoir sur le visage de maman, la mère qui nous regardait faire depuis la cuisine, rêvant déjà son mari orphelin. Mais jusqu'à ce jour elle a toujours ressuscité, la grand-mère, preuve que ses saint Christophe, Bernadette Soubirous et autres saints à péage honoraient leurs mandats.

Papa tenta alors de tirer le cochon de loin, histoire de laver l'affront. Une fois dilapidé tout ce qui nous restait de munitions, il sortit son 12 parabellum, de la balle explosive qu'on fait soi-même. Emporté sans doute par la stridence des balles, la pétillance générale de l'ambiance, il parla même d'exhumer le carton de grenades qu'il nous restait de la dernière guerre, et dont au fond on n'avait plus besoin.
— Pas question de dégoupiller les bibelots, hurla la rombière, jurant bien que tant que l'Europe serait aussi mal verrouillée, jamais personne ne la déposséderait de l'arsenal.

Jusqu'à l'aube on a sondé les sous-bois et auditionné le moindre bosquet, si bien que ce fut un réel soulagement que d'entendre bouger ce talus. Et même si on ne peut pas à proprement parler de reddition, la brave bête s'était tout de même largement laissé faire.

En ramenant le cochon par les pattes, le cochon accablé par l'amertume de l'évadé, le père comprit bien qu'il faudrait qu'il travaille, ne serait-ce qu'un jour ou deux, histoire de remplumer l'arsenal sans avoir à braquer l'armurier.

C'est l'indigence qui fonde les familles nombreuses, ou la peur de manquer, et le problème majeur qui se rattache à tout ça, le corollaire incontournable, c'est toujours le manque de place. Pas facile d'étanchéifier ses états d'âme dans ces conditions-là. Pas facile de se verrouiller une intimité et d'exister autrement qu'au grand jour, d'autant que c'est bien beau la pudeur mais encore faut-il avoir le nombre de mètres carrés qui va avec.

— Mais kek tu gribouilles donc tout le temps, hein la Gribouille ? Fais-moi donc voir ça...

Pas facile d'invoquer l'inspiration, pas facile de fomenter sa petite revanche sur la vie en se concentrant sur le crescendo, et même si la plupart des vocations se nourrissent justement de ces petites hostilités-là, ces vexations fondatrices, pour le Totor, c'était pas simple d'arriver chaque soir à se caler en bout de table et de pouvoir gribouiller tranquille. D'autant que le plus inconvenant aux yeux de la grand-mère, c'était justement cette constance. Que le gamin écrive dès lors qu'il se passe quelque chose, qu'il relate ces fragments d'extraordinaire qui arrivent chez nous, passe encore, mais qu'il noircisse des pages blanches alors même qu'il ne se passe rien, qu'il gratte alors qu'aucun événement notoire ne nous est advenu, voilà par contre qui la révoltait. — Dans ces conditions il ferait mieux de dessiner, d'ailleurs dans le coin ce ne sont pas les motifs qui manquent.

C'était bien ça le plus agaçant, ce mystère, la profonde inconnue de ce qu'il avait à dire. C'est pour ça que parfois, histoire sans doute de le conditionner, la vieille provoquait l'incident. Soit elle lui fauchait son cahier, soit elle lui renversait le café dessus, si bien que d'avance on pouvait présumer de ce sur quoi le pauvre gamin s'épancherait le soir. Ces jours-là, plus inspiré que jamais, le Totor entamait un cahier neuf, éclusant ses pointes Bic en une prolixe vengeance. C'était comique de le voir aussi nerveux. Pauvre petit être dont la colère se perdait dans son abîme acoustique, le Totor plus muet que jamais, et qui faute de pouvoir jurer jouait du stylo pendant des heures, s'activant du coude pire que s'il tricotait, noircissant des pages et des pages en moins de temps qu'il nous en faudrait pour les lire.

Il faut dire qu'en plus d'être muet notre Totor était tellement insuffisant d'aspect, tellement peu apte au service, que d'une façon ou d'une autre il fallait bien qu'il compense. Il aurait mieux valu pour lui qu'il nous ressemble, il aurait mieux valu qu'il emplisse ses tee-shirts et qu'il ait des muscles aux cuisses, ça lui aurait épargné pas mal d'états d'âme et de bifurcations vengeresses, et sans doute aurait-il eu l'esprit plus malingre mais au moins le corps serait correct.

Pour le reste, les parents ne trouvaient pas inconvenante cette manie d'écrire, incompréhensible certes, mais certainement pas gênante. D'autant que ce petit vice-là n'est pas des plus dispendieux. Dans le fond ça ne leur coûtait jamais que le prix des cahiers neufs, alors que s'il lui avait pris la manie de lire, s'il avait fallu lui acheter autant de pages remplies que lui en noircissait, ils auraient dû autrement investir. La grand-mère par contre trouvait ça rudement incongru de gâcher tout ce papier, très loin en tout cas de l'idée qu'elle se faisait d'un homme, une activité pour elle aussi discriminante que le canevas ou la couture.

En plus il avait horreur qu'on l'appelle la Gribouille, Totor passe encore, mais Gribouille sûrement pas. Encore heureux qu'il était muet le frangin, ça lui évitait tout dérapage. Pourtant ça dépannait qu'il sache écrire, parce que si les parents n'avaient toujours pas assimilé le système des factures, s'ils avaient bien un chéquier mais jamais les mots qui vont avec, quand l'huissier était là il fallait bien transiger. Et pour ce qui est de remplir le mandat, honorer ces formalités qui dispensent de la prison, là c'était le Totor qui officiait. Là c'était son tour de briller. Histoire de mieux nous narguer, il inscrivait toujours la somme en se coinçant la langue, bien conscient de prendre sur nous l'ascendant, s'érigeant de fait en traducteur entre nous et le monde. Le pire c'est qu'il prenait tout son temps, et roulait des grandes lettres pour que les sommes soient bien rondes, nickel, impeccables. D'ailleurs même la signature de papa, de nous tous c'est lui qui la faisait le mieux.

Quant à savoir ce qu'il pouvait bien y mettre dans ses cahiers, ce qu'il pouvait bien retranscrire à longueur de journée, tout ce qu'il y a de sûr c'est que ça n'était pas des chiffres, parce que chez nous, quoi qu'on se décide à recenser, il n'y aurait jamais de quoi faire des sommes aussi longues.

Chaque fois que papa aidait Pierre, Paul ou Jacques, chaque fois qu'il prêtait main-forte aux domaines des environs, il faisait toujours son petit détour par la maison, bien droit sur son tracteur d'emprunt, dressé comme au prix de Diane. À croire que ça le rendait fier de travailler, que ça lui plaquait un genre de vernis, une ampleur qui le rehaussait comme une grâce, mais qui ne tenait jamais longtemps.

C'est vrai que le père au volant d'un John Deere ça ne manquait pas d'allure, ça lui donnait une tout autre dimension, une stature proche du défilé ou de l'apparat. Papa au travail ça réveillait en lui quelque chose de magistral, une aisance qu'on ne lui connaissait pas à la maison, ou qu'il nous cachait bien, une prédominance pas domestique pour un rond, et qui de toute façon n'aurait jamais collé avec l'instinct d'autorité de la mère.

— Laisse-nous monter dessus !

Sur son tracteur il avait des allures de Poséidon, à moins que ce soit Neptune, un quelconque dieu à statue. Il en devenait tellement haut, tellement droit, qu'on était obligés de lever le menton pour lui parler et de répéter bien fort à cause du moteur. Lui de son côté nous dominait facile, nous écrasant de son maintien, presque arrogant, un tantinet frimeur, alors que dans le fond on savait tous que le chômage le reprendrait dès demain.

Le plus beau c'est quand l'écuyer passait la première et qu'il se mettait à trotter comme au manège, par petites touches, notable comme un cavalier. D'ailleurs quand il arrivait, c'est d'abord ça qu'on voyait, la tête du père qui rebondissait au-dessus de la haie, sa bonne bouille à visière chahutée par le siège, faisant des bonds plus ou moins réguliers. Ces jours-là il était digne comme si le tracteur était à nous, comme si on avait des millions à foutre dans un moteur, ou que l'on possédait le terrain qui suppose ce genre d'engin, et plutôt que de s'arrêter tout de suite au milieu de la cour, il faisait trois quatre fois le tour de son honneur, la gueule haute et les couplets en porte-voix, histoire qu'on le voie bien. En général, n'en pouvant plus d'attendre on lui courait après, histoire d'en toucher un peu de cette gloire, d'y monter nous aussi, mais le père était à ce point transcendé qu'il ne nous voyait plus.

Pour en être vraiment fier de notre père, il aurait fallu qu'on ne le voie jamais que dans ces dispositions-là, lui au travail et nous en bas. Mais le problème, c'est que le soir venu il fallait bien qu'il le ramène son trotteur, et une fois l'engin restitué il rentrait sans rebond ni moteur, ivre et à pied.

En général, après ses séries de tours d'honneur il prenait le temps de manger un bout avec nous, et s'il laissait chaque fois tourner le moteur tout le long du repas, c'est qu'à vrai dire il ne savait pas bien les faire démarrer ces machins-là. Sa seule hantise c'était de caler.

Dans ces cas-là c'est le tracteur qui faisait l'ambiance. On déjeunait sans même allumer la télé, absorbés par cette vision, tout émoustillés par les carreaux qui vibraient et la maison qui branlait. Malgré nos assiettes pleines on n'avait d'yeux que pour cette idole au rouge qui tremble. On se le rêvait à nous, le mastodonte, on se voyait dessus, trois cents chevaux qui nous envoûtaient mieux qu'un hors-bord, et avec ça un fumet du diable qui sentait bon le tonnerre. C'est d'ailleurs un jour comme celui-là que le petit Thom avait profité d'un gigantesque moment d'inattention pour grimper dessus en douce et enclencher la première. Si les tracteurs allaient plus vite, c'est sûr qu'on ne l'aurait jamais revu le frangin, car ce jour-là, bien que le volant ait été braqué à fond, le père avait mis un temps fou à le rattraper. Au moins vingt fois l'engin était passé sur le poulailler, autant dire qu'on a mangé de la poule pendant deux mois.

Depuis l'incident, chaque fois que le tracteur était là, on ne quittait plus des yeux le petit Thom, on veillait tous à ce qu'il ne bouge pas de la table, parce que labourer notre cour et renverser les poules passe encore, mais pas de doute que sur la nationale ce genre d'écart prendrait tout de suite une autre dimension.

Ce jour-là, le père était d'autant plus vigilant qu'à l'arrière du tracteur était accrochée une grande cuve au bleu transparent, un beau bleu liquide apparemment innocent. Et puisque le bleu n'incite pas en soi au danger, surtout un beau bleu piscine comme celui-là, il y avait des têtes de mort dessinées de chaque côté. Pour le coup ça n'était plus un tracteur qu'on avait là sous le nez, mais un véritable bombardier. C'est pour ça qu'il avait l'air grave le pater, l'appétit contrarié par la responsabilité de cette mission-là. Pour l'occasion il avait même besoin d'un copilote, un assistant suffisamment conscien-cieux pour lui ouvrir et lui refermer les vannes à la fin de chaque rang, histoire de ne pas trop gâcher le pesticide et si possible d'épargner les zones habitées. Ma grande taille me désigna d'office. Ce jour-là mon élection ne fit pas de scandale, car si les frangins sentaient bien à quel point ce serait grisant de se balader tout un après-midi sur l'engin, par contre l'idée d'être encadré par toutes ces têtes de mort était largement moins emballante.

Avant de partir la mère nous força d'avaler une bonne tasse de tilleul à la valériane, et c'est vrai qu'instantanément l'envie de dormir m'enraya le tremblement.

Pour l'occasion la famille était presque solennelle au moment de nous voir partir, quasi défaillante. La mère, la vieille peau et les petits frères, tous quatre en haie d'honneur sur le pas de la porte, inquiets sans doute, confiants par devoir. Avant de partir, papa m'avait scrupuleusement expliqué la nuance entre le ON et le OFF, le côté vert et le côté fermé, en haut c'est fermé et en bas je pulvérise. À titre de répétition on fit une fois la manœuvre à blanc, juste pour voir, et c'est vrai qu'en poussant d'un cheveu la manette, un petit nuage gicla, un bleu en bruine qui plia d'un coup la haie d'honneur, leur arrachant une toux qui faisait mal à voir. C'est bon, avait dit le père, c'est que ça marche... Tout va bien se passer.

Et c'est vrai que tout aurait dû bien se passer. S'il n'y avait eu au dernier moment cette intervention de la grand-mère — pour qu'on passe en ville lui prendre son *Télé 7 Jours* —, tout se serait parfaitement bien passé.

Seulement voilà, on l'avait entendue la mémé, et vu que le père ne se risquait jamais à lui désobéir, vu que c'était un bon fils, c'était

90

couru d'avance qu'on le ferait le petit détour par le centre-ville et qu'on remonterait par la rue piétonne histoire d'aller tout droit jusqu'à la maison de la presse, les deux mains sur le OFF, et qu'à force de vouloir bien faire il nous arriverait des bricoles.

Le lendemain, là encore les journaux ne parlaient que de ça, et assez bizarrement le procès qu'ils y faisaient était bien plus celui de l'industrie chimique dans son ensemble que la dénonciation d'une quelconque maladresse. Et malgré un bilan un peu lourd pour une petite ville comme la nôtre, les vraies victimes ce furent bien nous, le père et moi, car suite à ça on a toussé pendant des heures, une nuit entière sans fermer l'œil, ce qui ne fut pas le cas de tous ces pauvres gens qui s'étaient trouvés là au moment du nuage, des gens déjà vieux pour la plupart, asthmatiques à la base.

Il faut dire qu'au moment d'emprunter le centre-ville, nous avions eu comme un pressentiment le père et moi, et l'esprit pas mal embué par la tisane je n'en menais pas large aux commandes de ma bonbonne. Puis une fois dans la rue piétonne, là ce fut carrément le doute. Saisi par l'émotion, et revenant sans cesse sur le sens exact du ON et du OFF, les récapitulant sans fin, j'en suis venu à tout mélanger. Le père, tout surpris de tomber sur un groupe de promeneurs au détour de l'église — une poignée d'incongrus qui n'avaient rien à faire là —, de suite il s'était mis à slalomer entre les âmes, les évitant tant que possible, tandis que moi je me retenais de sulfater. C'est alors qu'il a suffi qu'un petit vieux tousse, d'une simple toux malencontreuse, pour que je me mette à douter de mon OFF et, la confusion aidant, à tout rebasculer. Du coup on ne savait plus si c'était le OFF qui fermait mal ou le ON qui fuyait un peu, toujours est-il que ça s'est mis à gicler de partout, un piment en bruine qui les submergeait tous, les pliant jusqu'aux genoux, et malgré tous nos efforts pour colmater les fuites ça pleuvait dru au bout des tiges.

Dans tout ça le père n'y était pour rien, tout le monde en convient, d'ailleurs le rapport de police est formel à ce sujet, et si parmi les sujets de la maison de retraite qui randonnaient par là quelques-uns avaient malencontreusement succombé, aucun en tout cas n'avait eu à pâtir des roues du tracteur.

Au journal télévisé du soir, il paraît que le député fut pris d'un furieux élan écologiste, une vocation tardive qui lui enlevait tout crédit, mais ne l'empêcha cependant pas de dénoncer ces nuages intempestifs qui dévaluent nos campagnes, des ondées délétères qui bleuissent tout au moment des insectes, patinant les feuilles en plus de décimer les fragiles. Quant à savoir d'où était venue cette soudaine nuée de bouillie bordelaise, comme ça, en plein centre-ville, personne n'était formel car, vu la panique générale et vu l'opacité intrinsèque des nuages, personne ne se rappelait avoir vu un tracteur.

De notre côté c'est vrai qu'on se serait volontiers arrêtés plutôt que de filer comme des voleurs, ne serait-ce que pour voir de près le travail des secours, et surtout serrer la main du député, mais en plus de la peur de caler il fallait à tout prix rendre la bonbonne avant que la nuit tombe, sans quoi en plus du drame on se serait pris une engueulade terrible par le propriétaire. Quant aux rares passants qui avaient cru nous reconnaître — sans toutefois en être sûrs —, plutôt que de se risquer au mauvais procès ou à la diffamation, ils avaient préféré porter plainte contre X.

Tout le ramdam qu'a fait cette histoire ça n'est qu'en rentrant le soir qu'on l'a véritablement mesuré, en retrouvant la famille, parce que avant même qu'on leur raconte, avant même qu'on ait le temps de leur expliquer, ils avaient déjà tout suivi aux actualités régionales.

Que la télé l'ait devancé, qu'elle lui ait littéralement coupé son effet, on peut dire que ça l'a rudement vexé le pater. C'est qu'il perdait là le privilège de la primeur, le bonheur de raconter. Non content de se faire doubler on s'était pris un savon terrible ce soir-là, et avant même qu'on puisse dire quoi que ce soit, avant même qu'on nous laisse le temps de se justifier, déjà la grand-mère nous incendiait, déjà elle invoquait les grands dieux en jurant qu'elle l'aurait parié ; elle l'aurait parié qu'avec toutes ces histoires on lui oublierait son *Télé 7 Jours*.

Là où réside la poésie de la chose c'est par
exemple ce matin-là, un matin où le petit
Thom s'était levé avant tout le monde, tiré du
lit par l'impatience de son jeune âge. Et alors
que les autres dormaient encore, bercés par le
vertige de la plume tiède, lui jouait déjà dehors, toujours gainé de son pilou. De loin je le
voyais qui passait sa main au-dessus des orties,
comme s'il la trempait, comme s'il y avait un
fluide à naviguer au-dessus des feuilles, des orties bien plus hautes que lui et qui pourtant ne
l'effrayaient pas. C'est qu'il essayait d'attraper
un de ces petits papillons jaunes qui éclosent
aux beaux jours, de ces papillons d'un jaune
tellement vif, tellement jaune, qu'ici on les appelle des citrons. Ce citron-là flottait au-dessus
de la chlorophylle, suçant son nectar dans son
vent de feuilles, virevoltant et tranquille, à
peine perturbé par la paume du petit frère qui
le manquait chaque fois. Il n'y avait guère que
ses cinq ans pour lui donner de telles idées, à

cet âge-là on ne doute pas de capturer les papillons à main nue, de leur conter quelque histoire et de les relâcher ensuite. Si les autres l'avaient vu faire, pas de doute qu'ils auraient eu vite fait de se moquer. La vieille lui aurait lancé une quelconque menace, la mère lui aurait hurlé de ne pas se piquer, quant au père il n'aurait rien dit, sinon quelque chose dans le genre : t'as donc rien de mieux à foutre que d'emmerder les papillons ?

Mais pour l'heure tout ce qu'il y avait là d'adultes ronflaient encore, et vu ce qu'il y avait de bouteilles dans les vestiges du repas d'hier, ils n'étaient pas près d'émerger.

Sans rien dire, sans du tout intervenir, je le regardais faire, jaugeant de loin cette dose d'espoir et d'illusion qui fait qu'on croit au père Noël. Chaque fois il croyait le papillon pris, chaque fois il rouvrait sa petite main le plus délicatement du monde, ne doutant pas une seconde que le citron serait piégé dedans. C'était doux à voir comme spectacle. À y regarder de plus près on aurait vu l'agacement de l'insecte, jaune au possible, l'insecte importuné qui redécollait chaque fois, probablement lassé de cette insistance, et qui se posait plus loin, trouvant là un nouvel asile, une nouvelle feuille, une barque sur un océan d'orties.

Mais les papillons aussi finissent par s'énerver, et à force de dérangements, à force de devoir chaque fois redécoller in extremis, le petit citron en vint à s'emporter, de sorte qu'au moment où le frangin lui jeta une énième fois la paume, le papillon excédé s'éleva d'un bond, fusa droit au-dessus de lui, puis virevolta si fort qu'on aurait cru qu'il cherchait à le gifler. Pour le coup le frangin eut si peur qu'il en chiala sur place, puis courut droit sur moi.

Tout cela n'aurait été qu'une simple anecdote, de ces saynètes comme on en voit tous les jours à la campagne, s'il n'y avait eu le bulletin météorologique du soir à la télé. On y voyait ce cher brave homme, celui qui s'invite chaque soir en fin de repas, celui qui vous fixe comme s'il ne parlait qu'à vous, le seul gars qui à table fasse vraiment l'unanimité. Comme le veut l'usage, le météorologue balaya la carte de ses grands gestes supranationaux, il nous aguicha de sa petite chorégraphie millimétrée, passant d'une main de l'Alsace aux Pyrénées, de la Méditerranée aux nuages, pointant d'un doigt les Vosges pour y dénoncer des nuages, et désignant comme à chaque fois une embellie par chez nous.

Et c'est là, juste après l'épisode convenu des températures, que l'artiste de la catastrophe se mit soudainement à nous parler des Antilles, comme quoi on annonçait un cyclone terrible pour cette région-là, un avis d'alerte, de ces désordres célestes que l'on présume de loin, mais contre lesquels on ne peut rien. Pour la population caraïbe la consigne était donc de ne pas sortir de chez soi et de bien se calfeutrer en attendant que le typhon passe. Et c'est là que M. Météo, sans doute pour faire le docte, s'est mis à nous expliquer — sur un ton qu'on ne lui connaissait pas jusque-là — qu'il suffisait d'un simple battement d'ailes de papillon, à peine plus nerveux qu'un autre, pour déclencher un cyclone terrible à l'autre bout de la planète.

C'est là que le petit Thom et moi on s'est regardés, sans un mot, sans rien laisser paraître, mais tout gamin qu'il était, pas de doute qu'il l'avait mesurée sa bêtise.

II

Un paquet d'eau de mer qui soulève la moquette, un gratte-ciel disloqué qui s'effondre sur le dessus-de-lit, un ciel gras et lourd qui tartine ses nuages à même le drap, puis l'enveloppe et l'étouffe, comme une vieille couette dépressurisée... N'importe qui prendrait ça pour un cauchemar. Lui, pour sa part, voyait là un rêve ; et même le plus prometteur, le plus doux que l'on puisse faire.

À moins que ce soit ça la déformation professionnelle : rêver de scoops toujours plus gros, de drames de plus en plus énormes, et arriver toujours trop tard pour les filmer. Pour un homme comme lui, un professionnel de son espèce, pas de doute que le vrai drame des bateaux qui versent ou des carambolages, le drame de ces séismes et de ces avions qui trinquent, c'est qu'on n'a pas d'images. Tout ce qu'on en voit de ces chaos-là, ça n'est jamais qu'un lointain résultat, des débris qui surnagent ou des corps tracés à la craie, et avec ça toujours les mêmes récits de témoins, ceux qu'ont tout vu mais qui ne savent pas raconter, des humbles qui par manie du scrupule s'en tiennent aux faits et n'osent même pas en rajouter. Mais dans tout ça rien de véritablement pris sur le vif, rien de spectaculaire, sinon la vitesse de déplacement des reporters et la qualité des retransmissions. Et puisqu'on ne rattrapera jamais les torts qu'occasionnent les grands désastres, puisque le hasard ne mérite en rien d'être réhabilité, un reporter comme lui estimait de son devoir de toujours tout montrer, de ne rien omettre, et si possible d'attraper l'événement dans le fait même de son accomplissement, comme s'il y avait dans cette représentation une quelconque compensation à la lâcheté des choses, ou que la mort des autres soit autant de revanches remportées sur la nôtre.

Chez nous le jour se lève quand le coq le décide, en général de bonne heure, et si d'aucuns
trouvent toujours plaisant l'envol du soleil par-
delà les granges — spectacle toujours miraculeux pour qui n'entend rien à l'astronomie —,
il en est d'autres qui s'en fichent pas mal.

— Debout l'Ampoule.

— ... voilà, voilà !

On avait pris l'habitude de le chambrer le
journaliste, surtout le matin. Pour le tirer du
lit, même l'odeur de pain grillé et les arômes
de café n'y suffisaient pas. On l'appelait l'Ampoule, le journaliste, alors que son vrai nom
c'est Marchetout, Jérôme Marchetout.

Au départ on ne savait rien de ce type-là,
sinon qu'il s'était fait remarquer par une série
d'émissions sur les miracles, un reportage plus
ou moins bricolé dans des églises d'Amérique
latine, un monument de piété qui lui avait valu
deux ans de prison.

L'Ampoule, c'est ce qui nous était venu tout

de suite en le rencontrant, avec sa tête de saut-du-lit et ses petits yeux malins comme des piqû-res. Pour le reste c'était un grand chauve avec les cheveux longs, un résidu de crinière, vestige d'une adolescence révoltée. On l'appelait l'Am-poule mais on aurait tout aussi bien pu l'appe-ler l'Abruti ; seulement on ne voulait pas l'acca-bler. Et même si on se doutait bien que ce gars-là ne devait pas être un imbécile, même si on se doutait bien qu'il avait dû se coltiner pas mal de diplômes, il n'empêche que dans le con-texte on lui était largement supérieurs.

Suite à tout ce qui s'était passé dans le coin, c'est à nous qu'ils l'avaient envoyé le grand re-porter, histoire de capter sur le vif un peu de notre réalité, essayer si possible de remonter en amont des catastrophes. Du coup on l'avait constamment sur le dos, du matin au soir il nous filait le train. Même pour faire les courses il était là, et vu qu'il était plus ou moins sponso-risé par une grande compagnie d'assurances, ça voyait large au niveau des notes de frais.

— Tu peux filmer ce que tu veux, qu'on lui disait, nous autres on n'a rien à cacher, et même pas de verrou à la porte des tinettes.

C'était un type plus ou moins expert en re-portages, avec la manie de ne jamais poser sa caméra et de toujours nous filmer. Même pour nous demander le pain il nous visait, et dès lors que le jour baissait, dès lors que la pénombre gagnait, il ajoutait à son engin un genre de grand phare, trois cents watts qu'il nous balançait dans le sourire, de sorte qu'on avait bien plus l'impression de parler à un phare qu'au bonhomme. Le plus cocasse c'est qu'il nous demandait de l'oublier sa caméra, de faire comme si elle n'était pas là. Ce type-là était chargé comme un cosmonaute, fardé de tout un cinéma, et il nous demandait de faire comme si ça ne se voyait pas.

Cela dit on s'y est vite fait au reporter, d'autant que ça s'avère très vite plaisant de se savoir filmé, pour tout dire gratifiant. D'abord ça monte comme une rougeur, une douce pudibonderie qui ramollit le sourire, ça force aussi à se tenir droit, à bien verrouiller ses poses, et à se chasser le naturel au point qu'on ne se reconnaît pas. Depuis que ce gars-là nous filmait, au moindre repas régnait un climat de reportage, une pesanteur qui faisait que tout le monde était calme et que papa ne buvait pas. À table on devenait tous polis, souriants comme aux banquets, et autant pour une photo il suffit de simuler uniquement le temps du flash, autant pour la vidéo faut sourire par séquences et rester raide tout le long du repas, si bien qu'au dessert on était tous épuisés.

La récompense c'était de se revoir en fin de journée, alors le soir, au lieu de regarder la télé comme tout le monde, on se revisionnait nous. Et même si l'intrigue était mince, même si le décor ne changeait guère, pour autant les surprises ne manquaient pas. La grand-mère n'en revenait pas de se découvrir si petite. Avec un émerveillement sans doute excessif elle certifiait que c'était même la première fois qu'elle se voyait de dos. Jusque-là tout ce qu'elle savait d'elle, c'était ce que lui en disait le miroir accroché à la fenêtre. Quant à maman, elle profitait de ce point de vue impartial pour pointer les défauts, des taches rebelles ou des plis aux rideaux, mille et une petites dérives qu'elle rectifiait de suite. Le père par contre — lui qui de nous tous était bien le plus cabot —, ça le faisait carrément rire de revoir ça. Il savourait ses effets en spectateur, le père confondant d'auto-satisfaction et pouvant se regarder pendant des heures, alors qu'il n'y avait pourtant là-dedans pas le moindre intérêt, ni queue ni tête, pas le plus petit inattendu.

Et c'est comme ça que le soir, au lieu de regarder le 20 heures, on se repassait notre journée, et à la place de la météo on regardait le temps qu'il avait fait.

La modalité des accidents étant à peu de chose près celle des miracles, essentiellement fondée sur l'effet de surprise, le brave l'Ampoule était donc obligé de nous filmer sans relâche, ne doutant pas qu'à un moment ou un autre le hasard nous referait la grâce de ses inconséquences. En plus de nous avoir vus à la télé au moment du Boeing, il avait eu vent de nos exploits par quelque dénonciation locale, et puisque le projet majeur de l'information c'est de coller à l'événement, d'en être concomitant, grâce à nous l'Ampoule comptait bien anticiper le cours des choses, fixer le drame en amont de sa bascule, étant convenu d'avance qu'en aucun cas on en prendrait les devants.

Ce gars-là nous prenait pour un spectacle, et sans cynisme aucun il nous prêtait un sens aigu du cataclysme, il usait même de mots hindous pour nous expliquer ça, comme quoi notre don ce serait les catastrophes, que notre karma à nous ce serait de croiser celui des autres, mais en sens inverse, et si possible de plein fouet. Lui mieux que personne avait saisi le caractère peu commun de nos prédispositions, et comme il n'est de vraies catastrophes que celles dont on a des images, il ne surestimait en rien tous les avantages qu'on pourrait en retirer, sans compter les tournures d'immodestie et les droits dérivés.

Souvent sa façon de voir les choses confinait à l'enthousiasme, surtout au début. Dans les premiers temps il était même parfaitement possédé par la perspective du succès, par cette gloire escomptée, des accès de confiance qui l'amenaient à nous faire les plus folles promesses, allant même jusqu'à nous prophétiser un avenir, nous dont le seul projet jusque-là était de se coucher le soir pour se lever le lendemain. Pour lui le grand traqueur d'infortune, lui qui courait le monde à l'affût du filon, lui qui hantait les guerres et filait la misère pour broder sur les miettes, pour une fois il savait avoir mis le doigt sur une pépite, un lingot, sinon une mine.

Seulement rien de décisif ne s'accomplit par le seul fait de la bonne volonté, et s'il est clair que le hasard ne prémédite en rien le site de ses résurgences, il est rare cependant que les catastrophes vous élisent deux fois de suite. Et si l'on dit de la chance qu'une fois passée elle ne reviendra plus, il en va de même pour l'infortune ou les emmerdements. C'est pourquoi il eut vite fait de déchanter le grand reporter, parce que après un mois de vie commune avec nous, tout ce qu'il avait engrangé comme scoop ça n'était jamais que du malencontreux, des incidents domestiques comme il en arrive chez tout le monde : une assiette qu'avait volé bas en fin de repas, la morsure de la grand-mère, deux trois colères même pas poussées à bout et une migraine mineure en guise de fausse alerte. Il avait beau nous forcer à toujours faire quelque chose, il avait beau nous encourager à toutes sortes d'activités, rien d'extraordinaire ne nous arrivait, de telle sorte que pour un grand reporter comme lui, un baroudeur rompu aux quatre coins du monde, notre petit cadre vira vite au confiné. — Tu vois bien ce qu'on te disait, il ne se passe rien ici, en temps normal il ne se passe rien. On a beau héler le satellite ou pleurer le diable pour qu'il nous fasse des prodiges, on a beau guetter de l'avenir une quelconque élucidation, rien ne nous arrive, un pur désert de conformisme, à croire qu'entre l'être et le néant il y a une marge, et qu'on soit dedans. Crois-moi, ici c'est pire que la province, bien plus profond en tout cas, et sache qu'au vu des circonstances, la seule vraie aventure qui pourrait nous arriver, le seul drame, ce serait que l'horloge du salon s'arrête, tu sais, celle qui sonne l'heure et qui surprend ; qu'elle s'arrête, ou pire qu'elle tombe en panne...

C'est alors qu'il se mit en tête de nous faire bouger, il ne parlait plus que de ça, qu'on bouge, qu'on se déplace, ne serait-ce qu'un peu, ne serait-ce qu'une fois, histoire d'aller provoquer le sort un peu au-delà de nos piquets, et plutôt que d'attendre que le hasard nous cible sur une zone aussi limitée, plutôt que de compter sur la bienveillance de nos dispositions, il jugeait bon de donner du champ à notre inconséquence, de confronter notre don à des zones un peu plus habitées. C'est là qu'il commença à nous parler de voyage, de grands détours inutiles, quitte même à prendre l'avion pour changer de pays, ou au pire passer ne serait-ce qu'une journée dans un aéroport, juste pour voir... Ce à quoi papa — qui a pour lui un sens inné de la formule — lui a froidement répondu : l'avion, ça jamais.

Un jour tout de même, à force de nous bassiner, il a réussi à nous traîner jusqu'à la foire au jambon, une de ces fêtes à manèges qui fleurissent annuellement en ville et qui repartent toujours en laissant des papiers gras. Pour l'Ampoule, le propos était de nous faire faire le tour de tout : de la centrifugeuse au train fantôme, du grand huit aux autos tamponneuses, sans oublier ces nouvelles fusées qui vous avalent la sphère, des spoutniks qui vous font faire le tour des choses tout en restant sur place. Sans doute comptait-il sur une quelconque indisposition pour qu'on en vienne à lui demander grâce, ou qu'un boulon soit plus ou moins bien vissé. Mais compte tenu de la résistance des matériaux, cette obstination des manèges à tenir le choc, l'Ampoule s'était finalement rabattu sur la grand-mère, sollicitant pour elle des périls on ne peut plus nuancés, jusqu'à la faire monter coup sur coup sur le grand huit, le bateau pirate et la grande roue.

Pour elle qui n'avait même jamais pris l'ascenseur, ce fut un vrai baptême de l'air. À chaque tour sa gueulante se perdait dans le brouhaha des autres, l'ancêtre qu'on a vue cent fois fuser vers la stratosphère, comme si elle nous quittait pour de bon, mais qui revenait sans cesse. Autant dire qu'avec son mètre trente elle aurait dû dévisser cent fois la mémé, cent fois elle aurait dû gicler par-dessus bord ou valser par en dessous, d'ailleurs tous les badauds la regardaient, un peu comme aux grands prix on guette les sorties de piste, et l'Ampoule qui filmait ça sans la moindre bienveillance, aussi avidement qu'une corrida.

Seulement voilà, elle avait déjà survécu à toutes sortes de cascades la mémé, des péripéties allant de la famine à deux bonnes guerres mondiales, alors c'est certainement pas un spoutnik à Mickey qui en viendrait à bout de l'ancêtre.

Tout de même, en terme de scoop, il y eut bien cette minime empoignade entre danseurs, savoir lequel avait marché sur le pied de l'autre en premier, une petite démonstration du père tout en projections, un style daté mais alerte, pas trop agile, très loin en tout cas de ce qu'on voit faire à la télé. D'autant que ce jour-là, la bière étant à vingt francs, le dancing était bien trop à jeun pour faire une vraie bagarre.

Sur le chemin du retour, l'Ampoule n'avait d'yeux que pour le père au volant, le père face à ces splendeurs qui nous fondaient dessus, des virages que l'on négociait sans violence ni mollesse, comme autant de traîtrises une à une jugulées. Sans doute comptait-il sur un assoupissement du chauffeur, une quelconque improvisation de la route, pour qu'un impromptu se glisse entre nous et le parcours. Seulement pas un de ces virages ne nous méconnaissait, aucun menaçait donc de nous surprendre, et pour les avoir tournés mille fois ces virages-là, papa les survolait tous. Pour la plupart il les négociait même de mémoire, les prenant systématiquement par la gauche pour en ressortir bien droit. Par contre, là où il y eut comme une lueur d'espoir dans l'œil du reporter, une giclée d'optimisme, c'est quand une fois rendu au village le père s'est arrêté juste en face de l'armurerie, nous lançant le plus innocemment du monde qu'il avait une petite course à faire, qu'il revenait dans deux minutes.

— On peut venir avec vous ?

Hé, dis donc, ce ne serait pas pour le silence que tu serais venu ? Ce ne serait pas ça que tu serais venu chercher par hasard ?

Le soir, au lieu de regarder tranquillement la télé, l'Ampoule sortait fumer sa clope. N'oublie pas de fermer la porte du jardin, lui gueulait chaque fois la grand-mère, parfaitement pertur-bée de savoir quelqu'un dehors une fois la nuit tombée, trouvant cela profondément anormal, parfaitement citadin.

L'Ampoule erra longtemps ce soir-là, pas moins de deux heures de marche pour étan-cher ses remords, oublier cette lacune coupa-ble qui lui avait tout fait rater. En fin de compte la seule erreur face à l'armurier ce fut bien d'y aller tous, parce qu'en nous voyant dé-bouler en rang serré, avec en prime un énergu-mène qui lui fonçait dessus pleins phares, la ca-méra à bout de bras, il est normal que le commerçant ait pensé à mal. Toujours est-il qu'il avait brutalement changé de couleur l'armurier et qu'en une fraction de seconde il était passé du serviable à l'inquiet, du tout coulant au rigide. Peut-être était-il encore marqué par l'épisode de la sulfateuse, car ce jour-là il avait tout vu. Dangers publics, qu'il nous appelait, nous criant dessus comme s'il nous dénonçait, et bien qu'il fût indubitablement bluffé par ce cameraman qui nous filmait à la façon des grandes notoriétés, pour sa part il n'était absolument pas disposé à nous prendre pour des vedettes, et encore moins pour des clients.

C'est là que l'Ampoule, sentant qu'on allait droit au bide, avait posé sa caméra et commencé de parlementer *off the record*.

— Combien... ?

À croire que l'armurier n'était pas vénal, car plutôt que de faire monter les enchères il avait sorti une matraque de derrière son comptoir, et sans sommation aucune en ficha un coup terrible sur la caméra.

D'abord l'Ampoule avait craint pour son engin, si bien qu'il manqua complètement le moment où papa empoigna le commerçant. Non content de rater l'image, c'est lui qui s'était pris la giclée de lacrymogène que le vendeur destinait au pater... Le sourire confit et la mine baveuse, réalisant qu'un scoop était tout bonnement en train de lui filer sous le nez, il réussit tant bien que mal à réépauler sa caméra, et pour des obscures questions d'éclairage il nous pria tous de nous mettre plus près de la vitrine, afin d'embrasser la scène en plan large.

Et là, sans doute était-ce la femme de l'armurier, ou une partisane quelconque, toujours est-il que des coups de feu partirent depuis l'arrière-boutique, des coups de feu pas trop précis mais systématiques, insistants en tout cas, une détermination qui d'ailleurs ne se satisfit pas de ce que l'on sorte. Une fois dehors la femme continua l'arrosage, tirant en vrac sur un peu tout ce qui bougeait, de sorte qu'autour de nous les badauds se mirent à tomber pire que des pipes au stand et que les pare-brise volèrent comme une grêle. Plutôt que de riposter nous nous laissâmes glisser dans le sens de la pente, l'Ampoule, les frangins et le père, sans oublier la grand-mère qu'on portait à bout de bras, la vieille qui fulminait de sentiments de revanche et d'injonctions hippiques, la grand-mère bien trop fâchée pour être vraiment inquiète. Comme ça on a fait toute l'avenue de l'Église, le cœur à l'emballe et les balles qui sifflaient, le souffle coupé autant par la course que par l'envie de rire... Quand on s'est retranchés sous la grande halle du marché, définitivement à l'abri, là par contre il en est un qui ne riait plus. C'est que l'Ampoule réalisait à quel point la trouille avait complètement supplanté tout réflexe de filmer, d'ailleurs dans la panique il avait même laissé sa caméra là-haut, de sorte qu'il venait ni plus ni moins de rater une parfaite hécatombe, un écrémage assez proche de ce qu'on voit faire en Amérique centrale au moment des révolutions.

Il paraît que les forces de l'ordre avaient mis un temps fou à maîtriser l'armurière. Sans doute avait-elle profité de l'incident pour dés-inhiber un genre de mal-être chronique, une dépression larvée qui grâce à nous avait trouvé son déclic en même temps qu'un exutoire.

Le pire dans tout ça c'est que les infos du soir n'en auront rien montré de cette décon-nade, sinon les images a posteriori d'un petit village où il fait beau, l'avenue de l'Église bor-dée de ses ombres, deux ou trois vues sur la fontaine qui glougloute, des accoudés qui trin-quent sous les parasols anisés, la représentation même de la sérénité.

Pour nous ce fut une préparation minutieuse, un véritable travail d'équipe, et puisque le hasard ne se décidait pas à venir, la solution fut d'opter carrément pour la mise en scène. Comme disait l'Ampoule : la problématique du chasseur d'images étant à peu de chose près celle du braconnier, autant appâter.

Pour pallier une éventuelle défaillance, l'Ampoule avait même installé une deuxième caméra en contrechamp, ce qui donnait à notre cour des allures de plateau de cinéma. La grand-mère, elle qui avait connu l'époque où les populations civiles n'étaient pas encore armées, elle qui mettait donc un point d'honneur à ce qu'on tue le cochon à mains nues, voilà que pour une fois l'histoire lui donnait raison... Car au nom de la tradition, cette théâtralité coquette de l'anachronisme, l'Ampoule voulait immortaliser cette ère glorieuse où l'homme et la bête luttaient à armes égales, ces temps valeureux où l'on savait mériter ses repas, ces temps où l'héroïsme confinait au quotidien et où l'on n'hésitait pas à pendre son cochon par les pattes avant de lui fouiller le buffet... Un Ampoule soudain poète, arguant qu'en prime ça nous vaudrait un beau spectacle, et que sous couvert d'évocations ethnologiques, sous le label du reportage gentilhommier sur le retour des us — la mort du cochon à mains nues —, on pourrait caser ça dans une multitude d'émissions à dominantes naturalistes.

Par contre, ce qu'il ne nous disait pas le fourbe, c'est qu'il comptait bien un peu sur notre inexpérience pour que d'une façon ou d'une autre le cochon reprenne le dessus.

En préliminaire, c'est donc la grand-mère qui nous expliqua comment faire d'un cochon un porc et raidir net deux bons quintaux d'ongulé sans que le moindre coup de feu soit tiré. Primo, il convenait de se planquer à la sortie de son trou. Secundo, il s'agissait d'appâter le porcidé pour lui donner le goût de sortir. Tertio, il suffisait de lui ajuster deux grands coups de bûche sur la nuque au moment où il sort, sachant que si le deuxième coup lui arrive au niveau des reins, c'est qu'il se taille pour de bon.

Avant d'entrer en scène le père s'isola un temps au fond de la cour. Il fit plusieurs fois le tour de la mare en se répétant la manœuvre.

De loin on le sentait fébrile, passablement inquiet, pour tout dire désarmé.

Ensuite il a fallu lui trouver une bûche, une bûche ergonomique qui lui tienne bien en main, une bûche légère mais suffisamment solide pour stopper net un missile de cent vingt kilos. Après avoir empoigné tout le tas de bois, le père opta en fin de compte pour la pelle, ustensile qui offre le double mérite d'avoir un manche à la fois long et robuste, parfaitement décisif dès lors qu'on frappe du côté du métal, et qui en prime nous ferait la grâce d'une sonorité musicale.

La pelle, c'est de là que vint ce trouble sur le visage de mémé, un profond soupir où l'incrédulité se mêlait à l'effarement. Pour l'occasion on l'avait assise aux premières loges, histoire qu'elle voie bien tout de la scène et que ça nous dispense par la suite d'avoir à la lui raconter.

Malgré la saison il tombait quelques gouttes ce jour-là, assez peu cela dit, humides quand même. Autant dire que ça glissait. Avant qu'on ne lâche le fauve, la grand-mère tint à ce qu'on se signe tous. Elle y croyait à ses croyances, même si sa vie de misère en entamait rudement la validité, n'empêche qu'elle y croyait.

D'abord un long moment de silence, puis le père qui approche doucement du domicile de l'autre, le père qui ouvre délicatement la porte, suspendu au moindre souffle, et qui attend.

Bien que le pauvre homme ne soit jamais allé à la chasse, trop peu matinal pour cela, il n'empêche que d'instinct toutes les attitudes du prédateur lui venaient, tous les réflexes ; pour preuves, cette main qui ne tremblait pas et ce front porté bien haut.

Une fois la porte ouverte le trou resta béant, pas le moindre signe de vie, rien qui atteste que l'animal soit toujours bien là. À croire qu'il pionçait, ou que l'opération du Saint-Esprit ne l'ait évacué juste avant. Toute la qualité de la ruse reposait pourtant sur l'incitation à la fuite, présumant que l'appel du grand air l'emporterait sur la tentation domestique du confort.

Quelques minutes plus tard, toujours armé de sa pelle, le père tétanisait sur place alors que l'autre ne se pointait toujours pas. Suivant les instructions de la grand-mère, il se baissa un peu pour voir, relâchant son attention en même temps que son instrument : pose pas ta pelle malheureux ! Elle n'eut même pas le temps de finir sa phrase que déjà la pelle repartait à angle droit et que l'animal fusait par en dessous, giclant de son trou comme une flèche, avec élan, trahissant là une parfaite conscience des événements et une totale préméditation... Malgré la boue il ne glissa pas tant que ça, et s'il dérapa bien par endroits, il se releva chaque fois, avec une agilité qu'on aurait pu prendre pour de l'ironie.

Le plus tragique dans cet épisode, c'est

qu'en plus d'invalider notre minutieuse préparation, il remettait en cause l'ordre même des choses, ce rapport de force qui entre l'homme et la bête fonde depuis toujours l'ordonnance. Jamais encore un homme ne s'était fait doubler par un cochon, jamais cet animal subalterne n'avait à ce point pris sa revanche, lavant à travers nous l'affront de son humiliation existentielle ; c'était en quelque sorte une première. Bande de bons à rien, hurla hâtivement la grand-mère, sans la moindre exclusive.

Une fois de plus l'Ampoule était abattu, car s'il est sûr qu'asseoir un cochon d'un coup de pelle c'est moins spectaculaire que de voir plonger un Tupolev, il n'empêche que dans le genre pris sur le vif, ç'aurait été un bon début.

Il avait de quoi être amer le grand reporter, d'autant que dans ce climat de glissades générales le porc avait méchamment heurté sa caméra. Le Liban pas plus que le Tchad ne lui avaient jamais esquinté le moindre ustensile, et voilà que dans un univers aussi domestique que le nôtre, dans un théâtre aussi douillet, il prenait des risques. Lui qui misait sur nous pour faire l'image du siècle, lui qui était venu ici pour voir du grand spectacle, après deux mois de boulot, tout ce qu'il avait comme scoop c'était la charge d'une bonne grosse charcuterie qui déboule en plein dans l'objectif.

Mais enfin toi l'explorateur, toi qu'as croisé le nomade en bouffant des dattes, toi qu'as passé les toits du monde dans des fauteuils de classe, tu ne vas tout de même pas te laisser abattre pour des revers aussi minimes, et s'il est vrai que chez nous on a déjà vu affleurer le météore et valdinguer un Boeing, s'il est vrai qu'on a déjà vu valser des bagnoles et un train retourner son ballast, dis-toi bien qu'il ne suffit pas de claquer dans les doigts pour que ça vous arrive ces choses-là... T'en fais pas va, ça reviendra, et s'il est vrai qu'en ce moment la chance ne nous sourit pas, il n'est pas dit pour autant qu'elle nous fasse longtemps la gueule...

Le père, c'était pourtant pas le genre à verrouiller des phrases, mais en l'occurrence il avait dit juste. Il lui avait fallu pas moins d'un pack de bière pour remonter l'Ampoule, l'Ampoule qui reniflait de moins en moins, jouant gaminement avec les capsules du pater, mais qui refusait chaque fois qu'on lui proposait une canette. On sentait bien à quel point la sobriété de ce type-là exaspérait papa, et pourtant jamais il ne lui en fit le reproche, jamais il ne s'en offensa. Simplement, tolérant au possible, il se contenta de faire reculer en lui le chagrin, l'acculant à des sourires de plus en plus formulés.

Le père avait d'autant plus de facilité à être sincère que lui aussi se rêvait bien sa petite part de mérite, son morceau de bravoure, car pour l'avoir déjà goûté, ce gâteau-là, il en aurait volontiers repris. Pour tout dire, si l'on excepte

124

le coup du Boeing, à ce jour le seul vrai fait d'armes de la famille, son seul titre de gloire, c'est d'avoir fait Paris-Clermont en moins de cinq heures et d'avoir descendu cinq litres de Martini un soir de réveillon où on ne retrouvait plus les clefs de la cave. Pas de quoi tenter la postérité. Et s'il est clair que l'humilité se refile de père en fils, il n'est pas interdit de contrarier sa génération, d'autant que papa le connaissait déjà le soubresaut, il l'avait déjà vécu le temps d'antenne, à ce titre il sait parfaitement ce que ça fait de voir sa tronche dans le Journal de 20 heures, reconnaître ses poses dans la retransmission des autres, car quoi qu'on en dise ça vous fiche un grand coup, de ces frissons valeureux qui vous inondent mieux qu'un premier prix et raniment votre entourage d'une soudaine gratitude qui les amène tous à vous téléphoner. Et même si dans un premier temps on se trouve mal fichu ou bizarrement peigné, même si on se trouve la mine cireuse ou les plis en vrac, il n'empêche que c'est toujours flatteur de se voir passer dans le poste.

Basculant soudain de l'apologie à la confidence, le père se disait prêt à tout : siphonner l'eau des mares pour rehausser le cours des fleuves, entamer le mont Saint-Cirq pour aspirer l'avalanche, remonter à contresens des autoroutes, tracer en plein brouillard, et tant qu'à faire passer la cinquième en plein embouteillage ; n'importe quoi pour s'attirer le drame...

t'en fais pas, qu'il lui disait, t'en fais pas, s'il faut tenter le diable pour retrouver un peu de cette gloire on le tentera, et si le destin se refuse alors on le précédera.

— Une petite mousse, Jéjé ?

— Toujours pas.

Histoire de requinquer le grand reporter et de le réconcilier avec les travaux pratiques, on lui a présenté le père Chopin. À la base il s'agissait d'une famille de frangins, autrement dit les frères Chopin, tous un peu victimes de la notoriété de l'autre, un peu flattés, mais sans le moindre lien pour autant. Trois frères dont il ne restait plus à ce jour que le cadet, le plus jeune mais pas le moins arrosé. C'était un gros nez rouge, toujours habillé en kaki, nostalgique d'un temps où ça pétait ailleurs que dans la télé. Un violent de salon certes, mais pas vraiment désamorcé. Ce gars-là se disait retraité depuis trente ans, infirme depuis quarante, et soixantenaire depuis vingt-cinq. Au total restait un bonhomme légitimé par sa seule invalidité, un statique qui s'était fait de sa mémoire une raison d'être et qui passait sa vie à ressasser Verdun sans même plus être très sûr d'y avoir déjà été. C'est tout le siècle qui fermentait là, un de ces combattants à l'héroïsme à rebours, toujours pas vengé, toujours prêt au baroud, et envisageant l'avenir avec l'aigreur de ceux qui ne seront pas du voyage. À longueur de journée il restait accoudé à sa table, avec en face de lui sa porte grande ouverte, son unique perspective. Toute une vie en courant d'air. De là il dominait un long virage vissé à flanc de coteau, un grand tournant où ne passait plus personne, sinon toujours les mêmes, avec toujours le même petit coup de klaxon et ce geste zélé au travers de la portière, histoire de dire bonjour tout en se gardant bien de s'arrêter.

De jour comme de nuit on était sûr de le trouver là le vieux Chopin, assis à sa table, fixant le cadre de sa porte comme s'il y avait un spectacle. Il faut reconnaître que la vue était belle et que l'altitude du panorama lui dégageait amplement de quoi regarder. Un velouté de collines vertes avec des sous-bois sur la tête, des vallées d'ombres douces aux sillons bien peignés, un peu plus bas le velours côtelé des terres arables, sur la droite des coteaux en jachère où s'accouplent les animaux, et dans tout ça rien d'autre que des volées de perdrix pour jaillir hors des arbres et des piétons saisonniers pour venir les courser. Le cadre du Chopin c'était comme un grand tableau, un motif éternel et changeant, passant en fonction des saisons du bucolique à la vénerie, de la semaille à la moisson, un vrai calendrier.

Si personne ne passait jamais le voir le père

Chopin, c'était à cause de sa façon de voir les choses, un pessimisme qui vous accoudait un peu plus à chaque phrase, des propos contaminant de désillusion et sans plus rien à voir avec l'envie. Rien qu'à l'entendre le dos vous devenait lourd et l'avenir impossible, à tous les coups il vous promettait une guerre ou une famine, quand ce n'était pas le choléra ou la syphilis, signe que, pour être virulent, il n'était plus très à jour, le prophète.

Le plus insoutenable dans sa conversation c'était l'odeur, les gargouillis nauséeux de son anus à poche. Et vu qu'en prime ce Chopin-là ne se nourrissait plus que de gros rouge — un genre de vin plurinational —, autant dire que ça bouillonnait ferme dans le plastique. Mais le plus subtil de sa physionomie n'était pas là, car ce qui faisait de lui un miracle permanent, un prodige de pérennité, c'était son cœur à pile, le genre d'organe rebricolé qui suppose le dosage et qu'il convient de ne pas trop chahuter. De sorte qu'il fallait l'économiser le pépère, et qu'en plus d'une certaine bienveillance il ne fallait en aucun cas le contrarier. D'autre part, les gens avaient bien trop peur de le surprendre pour lui rendre visite, tous craignaient de lui chambouler les volts au point qu'il disjoncte. Vu qu'il n'avait pas de fortune personnelle, ni la moindre parcelle à léguer, dans le fond personne ne lui souhaitait vraiment du mal au Chopin. « Il a le cœur-papillon », voilà ce qu'on disait de lui, voilà l'image qui était venue aux gens d'ici pour exprimer ce qui lui restait de palpitant, signifiant par là toutes les précautions dont il fallait sans cesse l'enrober.

L'idée de papa, c'était justement de présenter le gars Chopin à l'Ampoule, parce qu'en lui faisant le coup d'arriver tous en bloc, de débarquer brutalement dans son champ de vision, pas de doute que ça lui ferait une sacrée surprise au pianiste. Dans le genre catastrophe ce ne serait peut-être pas spectaculaire, mais pour le reporter ce serait tout de même un bon début, le signe au moins qu'on collabore.

Seulement voilà, plus qu'autre chose ça lui a fait rudement plaisir de nous voir ; enchanté qu'il était. Cette subite envie de prendre de ses nouvelles, cet enthousiasme véhément dans notre façon de le surprendre, tout cela le combla autant qu'un anniversaire, et plutôt que de lui chambouler les chimies, plutôt que de le faire verser dans les pommes ou le profond cirage, ça lui a tiré un prodigieux sourire. Heureux qu'il était. Étourdi d'allégresse. Très vite on lui a dit qu'on ne s'arrêtait pas, qu'on n'avait pas trop le temps de rester, mais la charité chrétienne étant ce qu'elle est — incendiaire de culpabilités —, on s'est tout de même assis à sa table, histoire de lui passer un moment au soliste, et de faire comme si on était contents d'être là.

Sa maison était toute d'une pièce, avec rien

pour décor, si ce n'est une colonie de têtes em-
paillées au-dessus de la cheminée, des trophées
venus d'un temps où il avait encore de l'appétit. Dans cet univers de misère, ce monde uni-
formisé par la poussière, ces tronches-là écla-
taient comme un paradoxe, ne craignant pas
d'afficher leur air gai. Dans son dos elles donnaient même l'impression de se marrer.

— Kek tu regardes donc là-dedans ?
L'Ampoule le filmait sans se planquer, aussi
avide que l'entomologiste sur son insecte.
Histoire de meubler, papa donna des nouvelles
d'untel et untel. Faute de mieux ils échangè-
rent deux ou trois intuitions météorologiques,
incontournables mondanités de ceux qui n'ont
rien à dire. Une fois épuisé le sujet du temps,
papa lui rapporta le cours du bœuf au marché
de Saint-Jean, le prix du 12° à l'Inter et celui
du pain, quant aux yaourts, tout le monde s'en
foutait. Trouvant l'astuce abordable, le père se
mit à lire à haute voix la page nécro du journal,
sélectionnant rigoureusement les gens qu'on
connaissait et ponctuant ses phrases de grands
coups sur la table. Pour faire encore plus poignant le père inventa des décès à pas mal de
valides, les décimant un à un rien que pour le
plaisir d'émouvoir et d'acculer le soliste à l'em-
bolie. Sans ambages, il prêta des coups de sang
aux uns, des accidents aux autres, des suicides
aux plus isolés, tout ça en marquant chaque

fois un petit silence ému, une infime contrition, histoire de bien accuser le coup. Puis, stoppant net son recueillement, le père se relançait en hurlant bien fort : pas possible, connaissez pas la dernière... et vlan un grand coup sur la table.

Faute de résultat, le père y alla de plus en plus fort, décédant un à un tous les gens du canton, des voisins proches aux amis sincères, des anciens aux plus jeunes, et ce cher brave Chopin, plus attentif que jamais, qui expliquait cette hécatombe par la résurgence des épidémies, le père Chopin qui pour une fois se trouvait conforté dans ses prophéties de misère, des prédictions de circonstance qui disaient en gros que depuis que le monde est monde l'avenir ne nous réserve rien de bon, et s'il est dit que l'histoire a un sens, en tout cas ce n'est pas le bon. Pour toute surprise, il se contentait de petits « pas possible » qu'il dispensait çà et là, à peine hébété, une nostalgie teintée d'autosatisfaction, comme si le cœur-papillon butinait une à une ces toutes fraîches nouvelles, appréciant ces décès comme autant de victoires, le Chopin définitivement rassuré sur son propre compte, définitivement vainqueur... Au bout d'une demi-heure, il était parfaitement habitué aux grands coups sur la table, allant même jusqu'à les anticiper en retenant chaque fois sa bouteille.

C'était à désespérer du cardiaque. À croire que le vin soit mauvais conducteur, ou que les piles étaient neuves. À bout de force, et plutôt que de continuer, le père se résigna à ne plus faire que boire, d'autant que notre hôte n'avait de cesse de resservir tout le monde, excepté l'Ampoule, l'Ampoule visiblement autant écœuré par le vin que par le contenant. Du coup c'est le Chopin qui devint bavard, l'invalide relancé par son pinard comme un moulin à aubes, et plus le gros rouge nous tassait, plus l'autre se redressait, trop content de tenir enfin un auditoire. Ne doutant pas de notre attention, il rectifia l'histoire à grands coups d'épithètes, reprenant le fort de Vaux, Bir Hakeim et Douaumont, conjurant la reine, Wellington et Waterloo, ne serait-ce que pour le plaisir d'évoquer l'Angleterre, ranimant de vieilles querelles plutôt que de passer l'éponge... et c'est pile au moment du 18 juin qu'il y eut ce bruit terrible dans la cour, un bruit de blindé ou de carrosserie, comme un gnon gigantesque qu'on donnerait sur le capot d'une voiture... Plutôt que d'en rester là, le bruit se répéta, de plus en plus vite, de plus en plus fort. Tétanisés, trop surpris pour pouvoir bouger, nous nous sommes tous regardés, chacun cherchant l'explication dans la stupeur de l'autre. Pour sûr, ce qui arrivait là à notre pauvre bagnole, en tout état de cause personne ne l'avait prévu.

Une fois dehors, le spectacle nous arracha

un *oh* organique, de ces cris qui fusent quand la révolte prend instantanément le pas sur l'incrédulité. C'est que notre pauvre voiture gisait là, par terre, pour ainsi dire fripée, les portières concaves et les jantes en dehors, et c'est à peine si tout au fond là-bas, dans le bout du chemin, on devinait le cul frémissant d'un cochon rose qui se débinait en devant se marrer pas mal. Depuis l'intérieur, le père Chopin nous promettait du renfort, ayant visiblement un mal fou à décrocher son deux coups.

Une fois rafistolé le tout, une fois les roues dans le coffre et les portières sur le toit — histoire de ramener la voiture en ne faisant qu'un voyage —, par politesse on est retournés dire au revoir au Chopin. Ce coup-ci il n'était plus à table le pianiste, ni debout, mais par terre, là au pied de ses trophées, des décapités à la limite de l'hilarité. Il gisait exsangue, sans expression ni bruit de pile, le fusil même pas décroché.

Le spectacle de cet éternel vaincu toisé par ses victimes, ce combattant terrassé par ces sourires de paille, tout cela était si désolant, si affligeant, que même l'Ampoule songea à s'émouvoir plutôt que de filmer.

Ses lèvres marquaient en permanence une sorte de froide obstination, une acuité constante, à croire qu'elle était continuellement habitée par une intention, une idée d'en découdre, sans qu'on sache trop avec qui ni pourquoi, d'autant qu'on ne lui savait pas d'ennemi, et pas plus d'amertume que d'ambition.

En plus de l'assombrir, cette moue lui donnait un air constamment réfléchi, comme si chaque moment de la vie était d'une négociation délicate et que les destins même les plus pépères s'articulaient autour de trajets parfaits. Quant à son tablier, elle le portait en permanence, preuve que la vie menace tout le temps de vous salir, même quand on ne fait rien, même devant la télé.

De nos jours, dans bon nombre de familles, il n'y a plus guère que la mère pour être vraiment active, une inversion des rôles qui en plus de déstabiliser les générations rend les femmes surmenées. Des vies à la limite du dévouement, tout encombrées du désir de bien faire, des sacerdoces proches de la résignation et continuellement contrariés par un climat de désinvolture. D'autant que notre mère avait pour elle une conscience domestique qui lui tenait lieu de catéchisme, une sainteté d'ammoniaque qui frisait l'apostolat, à croire que l'Ordre des choses lui refilait sans cesse quantité de rendez-vous, une permanence de petits devoirs qui n'incombaient qu'à elle et faisaient qu'autour de nous la vie devenait présentable et les lits toujours faits. La mère c'était une femme constamment opérationnelle, à la fois bru, épouse et mère, endossant de front les trois rôles, sans jamais le moindre prix d'interprétation. Tout ce qu'on lui souhaite à notre pauvre mère, tout ce qu'on espère, c'est qu'un jour elle a été jeune, passive et ingénue, totalement dégagée de ces contraintes.

Avec les frangins, on en avait bien conscience de ce dévouement, c'est pourquoi mine de rien on la ménageait, ce qui n'était pas le cas du père et de la grand-mère. Ces deux-là par contre, il y a belle lurette qu'ils ne la remerciaient plus, eux il y a longtemps qu'ils trouvaient normale cette implication permanente, car quoi qu'on en pense, vivre à plusieurs suppose une sacrée ordonnance, surtout à six dans des petites pièces. C'est pour ça que par moments on la sentait passablement abattue notre pauvre mère, toute proche de renoncer, à croire qu'elle capitulait face à l'anarchie qui menace toujours dans le moindre collectif. Parfois elle devenait même tellement maussade, tellement distante, qu'on se sentait tous un peu coupables. Alors, on cherchait ce qu'on avait fait de mal, quelle faute avait-on commise, ou quelle lacune, n'aurait-on pas par exemple oublié de lui souhaiter son anniversaire, ou sa fête des mères, ou pire encore.

La mère, c'était notre seul vrai rempart contre le bordel, une mission sans relâche, un travail à plein temps, c'est ainsi que faute de mieux l'Ampoule s'était mis à l'épier, misant sur le faux pas, guettant sa dépression avec l'intime conviction du pêcheur au-dessus de sa mare. Et c'est vrai qu'il lui arrivait de plonger profond, la pauvre mère. Parfois, pour un oui ou pour un non elle donnait le sentiment de lâcher prise, de ne plus se soucier de rien et de laisser filer la vie comme une toute fin de dimanche après-midi. Il suffisait d'une insulte de la belle-mère ou d'un gros mot du père pour qu'aussitôt elle le prenne mal, et plutôt que d'avoir le mental assez fort pour continuer le ménage, plutôt que de reprendre le dessus en envoyant tout promener, elle se mettait à chialer.

Faute de scoop collectif, l'Ampoule comptait peut-être sur une initiative individuelle, un acte désespéré de la mère. Mais c'était mal la connaître, car même quand elle menaçait de nous tuer tous avant de se supprimer, même quand elle partait dans des scénarios passablement exagérés, on savait bien qu'au fond l'intention n'y était pas, qu'elle bluffait ; et que ce soient ses suicides ou ses meurtres, jusqu'à ce jour tous sont toujours restés à l'état de promesses.

Toujours est-il que ce jour-là, quand on a proposé à l'Ampoule de venir avec nous au Poneyland — un zoo à base de poneys mâtinés de spécimens plus ou moins exotiques, des recyclés des cirques —, le grand reporter prétexta la fatigue pour rester là, avec la mère et la vieille qui se faisaient face, deux pauvres âmes piégées dans l'irrésolution existentielle de leur contentieux, ne doutant pas que ce duo-là aurait vite fait de basculer dans le duel.

Inutile de dire qu'il eut vite fait de s'en mordre les doigts, parce qu'à peine étions-nous partis que la mère s'était requinquée d'un coup. Le plus ennuyeux pour lui ce fut bien d'être passé à côté d'un furieux après-midi, car pour tout dire la virée au Poneyland s'avéra particulièrement animée ce jour-là. D'ailleurs à ce titre nous pouvons dorénavant le certifier, les animaux des zoos ne sont pas drogués.

Il y eut bien quelques images prises sur le tard, des reportages bâclés par des télés régionales, mais rien qui retranscrive vraiment l'atmosphère qui imprègne un zoo dès lors que les cages ne ferment plus. Le Poneyland sens dessus dessous, comme un rappel de la profonde savane, tout ça à cause de cette stupide histoire de barbe à papa que le père avait refusée au petit Thom. Après avoir piqué un scandale, le petit Thom s'était pris une gifle terrible devant tout le monde, autant dire un affront, si bien que pour se venger il n'avait rien trouvé de mieux à faire que de soulever en douce les couvercles du vivarium et de déverrouiller les cages. Une gaminerie.

Ces images resteront à jamais gravées, mais nulle part ailleurs qu'en nos mémoires, c'est bien ça le drame. Ces lions passablement ronchons qui pique-niquent au hasard du public, les tigres incrédules qui n'en reviennent pas de pouvoir taper dans le tas, et ces singes imbéciles pour qui tout est toujours prétexte à jouer, un sacré spectacle. Quantité de scènes vues de leurs seuls protagonistes, car bien que la mode soit aux caméscopes et aux appareils photo, dans ce genre de situations extrêmes personne n'a véritablement le réflexe de filmer.

Tout ce qu'il en restera de ce spectacle, ce ne seront jamais que ces images prises sur le tard, des images de cages béantes et d'allées dévastées, une vision bien trop édulcorée d'une catastrophe, et même pas tremblée.

Certes, il y eut bien l'interview de papa — histoire de donner du relief aux actualités — mais le problème c'est qu'il racontait mal. Une scène aussi bouleversante que le carnage du Poneyland, il te racontait ça peinard,

en se marrant presque et en cherchant toujours à tirer la couverture à lui. Pourtant avec
cette meute de fauves hétéroclites, tous plus af-
famés les uns que les autres, dont certains allaient même jusqu'à se bouffer entre eux pour
des questions d'antécédents, il y avait là de
quoi raconter... Eh bien non, vu le peu de vocabulaire dont disposait papa, il te leur racontait
ça aussi platement qu'une bousculade, sans le
moindre effet, et pas d'autre conclusion que
d'en vouloir au cadet.

Sans doute est-ce ce même dégagement,
cette souveraine désinvolture, qui avait fait de
nous ces glorieux rescapés. Une décontraction
toute naturelle qui, en plus de nous placer
d'emblée au-dessus de la mêlée, nous tient lieu
de distinction.

Loin de chez nous ?

Si c'est ce que tu veux mon gars, on te suivra. Qu'est-ce qu'on ne ferait pas pour te faire plaisir ? Et sache bien que si on ne sort jamais de chez nous, si on reste tout le temps là à se balader en boucle, ce n'est pas que l'on soit contre les voyages, ce n'est pas non plus que les trajets nous rebutent, mais c'est tout bonnement que les billets sont trop chers. Jusque-là on n'a jamais voyagé que dans les estampes, et même si c'est vrai que la télé nous offre de purs dépaysements, même si grâce à elle on a une idée précise de chacun des bouts du monde, jusqu'à ce jour on ne s'est jamais fait dépeigner que par notre vent à nous. On n'y connaît rien aux grands périples, et les seules variations d'horizon qui nous chamboulent ce sont celles que la météo nous concède.

D'après l'Ampoule, pour laisser libre cours à nos exploits il fallait qu'on sorte un peu de chez nous, qu'on se laisse un peu aller. Et puisque l'inventivité du hasard procède avant tout de la diversité des situations dans lesquelles on se place, puisque les drames s'attirent d'autant plus aisément que l'on est soi-même en mouvement, autant prendre les devants et bourlinguer un peu. Chiche, qu'on lui a dit.

Et vos animaux ? Les poules, les chats et les lapins, qui va s'en occuper ?

C'est pas tes oignons.

L'autre petit point de désaccord, ce fut au sujet de la grand-mère. L'Ampoule ne jugeait pas indispensable de l'amener, prétextant qu'il voulait faire quelque chose de jeune en terme de reportage, et du point de vue image elle faisait un peu daté la mémé.

Ton image, on s'en fout... La vieille on l'emmène. D'autant que ça lui fera du bien de sortir, ça lui fera du bien de se dépayser ailleurs que devant ses feuilletons. Et pour peu qu'on passe au bord ce serait chouette de lui montrer la mer, puisqu'elle n'y croit toujours pas. En terme de grand large, tout ce qu'on a dans le coin ça n'est jamais que l'eau blanche du lac de Serpières et l'étang à roseaux des Bertranges, des flaques au regard de l'infini. La montagne par contre c'est quelque chose qu'on connaît bien, d'une part parce qu'on a les Pyrénées à l'autre bout du pré, et une photo du mont Blanc au-dessus du frigo.

À l'aide du dictionnaire on lui a fait une liste de tout ce qu'on voudrait voir comme curiosités, ou ne serait-ce qu'y passer, histoire d'au moins ramener des bols à prénoms.

— On verra, répondait l'Ampoule, on verra, s'érigeant de fait comme le seul maître à bord, le seul vrai responsable.

En nous sortant de notre trou, cet imbécile se figurait peut-être qu'il prendrait sur nous l'ascendant, preuve que tout instruit qu'il était, la psychologie n'était vraiment pas son domaine.

Le matin du départ on s'est levés, comme d'habitude, sans précipitation particulière ni réveil. La moto chargée comme une mule, les sacoches débordantes, l'Ampoule par contre attendait qu'on émerge, un tantinet nerveux, trouvant parfaitement incroyable que l'on n'ait toujours pas fait nos valises.

Des valises, pour quoi faire ?

Pour la télé aussi il fut long à comprendre, pas bien rapide en tout cas, car si on l'embarquait notre télé, si on la calait dans le coffre sous la couverture à pique-nique, ça n'était certainement pas par crainte qu'on nous la fauche ou que l'humidité l'investisse, mais tout bonnement pour la regarder. Pour nous qui ne sortons jamais de chez nous, nous qui passons notre vie dans ce décor-là, sans même avoir découché une seule fois, il va sans dire que notre télé ce serait comme un point de repère, un élément familier. Pas de doute qu'en emmenant un peu de notre cadre on se sentirait

144

moins dépaysés, car pour tout dire on ne sait pas bien ce que c'est le dépaysement, ni ce que ça fait. Le dépaysement, a priori, ça semble aussi obscur qu'un décalage horaire, aussi douloureux qu'un mal du pays, un genre de transgression de l'état normal assez proche de la possession, et qui fait qu'on ne sait plus trop où on habite. Paraîtrait même qu'il y aurait des cachets contre ça, des pilules pour récupérer du voyage, des médecines tout ce qu'il y a de remboursé et qui vous remettent la tête sur les épaules. Dans ces conditions, rien de plus normal qu'on s'en méfie, du dépaysement, et qu'on s'immunise en embarquant un peu du mobilier.

Dans tout ça, le Totor moyen était bien le seul à avoir un bagage, une provision de cahiers neufs présumant d'une longue absence. Et même si l'on sait tous qu'un stylo n'est pas tenable dès lors qu'on grimpe dans les kilomètres heure, même si l'on sait le péril qu'il y a à écrire dans le roulis, aucun de nous ne voulait prendre le risque de contrarier le gamin, sans quoi il nous referait le coup de l'épilepsie.

Une fois sortis du chemin, l'Ampoule nous a laissés passer devant, tout surpris qu'on s'arrête déjà au bout d'un kilomètre, au crucifix du chemin des Croix.

— Deux secondes, qu'on lui a dit en sortant tous, on va juste faire une petite prière de rappel, pour Lui dire où on va... Que veux-tu,

pour une fois qu'on bouge il faut bien qu'on
se signale de temps en temps, qu'on aide à ce
qu'Il nous localise.

Misère que toutes ces sécrétions, des fluidités de toutes sortes, émanations d'autant plus discriminantes que c'est au raffinement du camouflage que s'avère la véritable stature sociale. De ce point de vue, comme on le dit dans la famille, mieux vaut sentir mauvais que l'eau de Cologne à dix sous.

Quels que soient les mérites supposés de l'éducation, toutes les vertus de la bienséance, dès lors qu'on est en voiture ressort de chacun une part d'animalité contre laquelle on ne peut rien. Et bien qu'il existe toute une cosmétique automobile, un tas de dispositifs qui vont du feu rouge qui pendouille au sapin au menthol, de la rose sucrée à la chlorophylle en barres, pour subtils qu'ils soient, tous ces petits subterfuges dénoncent bien plus qu'ils ne parfument vraiment. C'est pourquoi nous autres, nous qui respectons trop les roses pour leur demander de couvrir nos odeurs de pieds, après vingt kilomètres de route on commençait à souffrir vraiment. Quoi qu'on fasse, à six dans une voiture, ça a vite fait de sentir le confiné, d'autant que nous n'avions pas le droit d'ouvrir les vitres ni la moindre aération, sans quoi le chignon de la grand-mère menaçait déconstruction.

Le père, c'est surtout la sueur qu'il sentait. Cela dit on y était habitués, on peut même dire qu'on était nés avec. Vu que le brave homme passait le plus clair de son temps à la maison, vu qu'aucune obligation ne l'appelait à sortir, depuis toujours on était environnés de ce fumet-là. La sueur de papa, c'était pour nous comme un message, l'indice de combien c'est un effort que d'être, en particulier au volant, car le bougre ne transpirait jamais autant qu'au volant.

Le pire, c'était pour les jours de chauffage, quand l'air du dehors était à ce point glacial qu'il nous fallait pousser la manette jusqu'au fond du rouge, là où ça coince, là où on ne l'en retire qu'en cassant quelque chose. Ces jours-là, quand le père enclenchait la ventilation, venteuse ventilation qui faisait comme un bruit de sommeil tout le long de la route, la R 16 n'était plus qu'un séchoir, un sauna traçant dans le grand givre, fumant comme un Calor sur son drap. D'autant que le chauffage était bien la seule chose qui fonctionnait vraiment dans cette voiture, notre seule vraie fierté mécanique, et à six là-dedans — en plus des calories du moteur et du repas de midi — on atteignait des températures qui en vertu de l'aérostat auraient dû faire qu'on décolle.

La mère, elle n'avait pas à proprement parler d'odeur particulière, pas d'effluve attitré, du moins c'était fonction de ce qu'elle venait de cuisiner. La mère, vu qu'elle avait la manie de toujours s'essuyer les mains sur son tablier, en gros elle sentait ce qu'on mangerait le soir. Et au bout d'une semaine de tablier, en général c'est la friture qui dominait, car quelles que soient les particularités de nos gastronomies, en cuisine tout se résout toujours par une cuisson.

Le pire, c'était quand la pauvre femme avait décidé de se parfumer, les jours où lui prenait la touchante intention de s'égayer, sinon de plaire. Ces jours-là, elle devenait tellement émouvante que ç'en était poignant. Sur elle, le moindre parfum virait de suite au pathétique, d'une part parce qu'elle en mettait trop, une sorte de maladresse qui révélait tout de son inexpérience à plaire, d'autre part parce qu'elle n'achetait jamais que des parfums sur lesquels on vous rend la monnaie — pour la plupart des parfums créés par des chanteurs, et en ce domaine-là comme dans bien d'autres, il faut bien le dire, à chacun son métier.

Rien que de sentir notre mère, ça se voyait tout de suite que les chanteurs ne savent pas parfumer. Il ressortait de ses pschitts des effluves assez proches de ceux du yaourt, le genre d'arômes artificiels dont on ne sait plus bien s'ils sentent bon ou s'ils donnent faim. Pour tout dire, ça ne lui allait pas de se faire belle, ça lui conférait un caractère officiel, un apprêt qui augurait de quelque chose de grave, du genre baptême ou enterrement. La mère on la préférait nature, la bise fraîche et la joue comme une pomme. La coquetterie n'était pas son fort, et si elle se regardait dans la glace c'était pour les mêmes raisons que nous, histoire de voir en gros si ça allait, s'il n'y avait pas d'oubli majeur, d'erreur avérée.

Quant à la grand-mère, avec une constance qui frisait l'obstination, une confondante application, elle sentait le vieux. Où qu'elle soit, elle dispensait un genre d'effluve à sacristie, façon encensoir, le genre de vieil écho qui fait justement que les jeunes ne vont plus à la messe. Comme tous les vieux elle était constamment environnée de ce fumet-là, un relent de sécrétions stagnantes, de peaux finissantes, une fragrance qui au contraire de plaire est faite pour repousser, pour révulser, et garantit en fin de compte qu'on leur fiche la paix. C'est sans doute pour ça qu'elle ne se lavait plus la grand-mère, pour éviter qu'on lui saute sur les genoux. Quoi qu'elle fasse elle dispensait comme un relent de vieux bas — le bas qui camoufle, pas celui qui attise, le bas orthopédique qui fait la jambe en bois —, si bien que c'était chacun son tour de souper à côté d'elle. Elle avait beau disperser de l'eau de Cologne sur les Damart, elle avait beau s'asperger d'essences bariolées, il n'empêche que sur elle Vertige d'Un Soir virait de suite au mouillé et que le Mont-Saint-Michel avait vite fait de sombrer. D'ailleurs on n'était même plus très sûrs qu'elle se déshabillait avant de se laver. Cela dit, là où se posait le plus gravement notre cohabitation, c'était bien en voiture, car si elle voyageait toujours dans le coffre, si on veillait à en être séparés, vu la procédure des courants d'air on faisait la majeure partie du chemin en apnée.

Épuisants, les voyages. Des cantons entiers traversés le nez fermé, si bien qu'on devait s'arrêter souvent, en moyenne tous les dix kilomètres. Et avec l'Ampoule pour escorte, avant de se garer, il ne fallait surtout pas oublier de lui faire signe.

Si dix kilomètres plus tard on s'est arrêtés, une fois de plus, en quasi urgence, ce n'était pas histoire de respirer un grand coup, ni à cause d'une passable indisposition, mais tout bonnement pour le feuilleton de mémé. La télé posée sur le capot, branchée sur l'allume-cigares, et chaque fois que papa rallumait son mégot ça saucissonnait l'intrigue. Suite à quoi le père décida de repartir bien vite, considérant qu'on avait largement le temps de faire de la route avant que ne commence le Journal de 13 heures. Et pourtant c'est bien avant moins le quart qu'on s'est retrouvés sur le bas-côté, sans du tout le calculer, sans même avoir pris le temps de prévenir, mais simplement contraints par un curieux hoquet mécanique.

Concluant que ce devait être une panne, l'Ampoule nous demanda de l'attendre là, en jurant de revenir avec une dépanneuse, ou pour le moins un dépanneur. Bien qu'on ait tous des doutes quant à ses qualités de dégourdi, tout de même on s'est résignés à l'attendre là, en rase campagne, sur le bord d'une départementale moyennement fréquentée. Vu que l'heure était au J.T., faute de mieux on a pique-niqué, un repas tout aux chips et au jambon, la télé sur la table et le décor pour salon.

Des rares voitures qui passaient là, finalement très peu étaient du même département que nous ; c'en était presque grisant, du moins c'était le signe qu'on avait bougé géographiquement.

— C'est pas croyable... Tu viens juste de le rater.

L'Ampoule, ça le surprend toujours qu'on le tutoie, comme s'il ne s'y faisait pas. Vu les circonstances, il ne nous écoutait même pas, captivé qu'il était par ce fameux grabuge qui régnait en bas. Tout de même, il donna un petit coup de caméra à ce qui restait de l'accident, la carcasse du car qui finissait de se consumer, exhalant d'ultimes fumerolles, et de vagues rescapés qui remontaient vers le haut du fossé, des têtus qui se prenaient pour des irréductibles. Vu d'en haut ça paraissait pénible, d'autant qu'à cet endroit-là le fossé était sacrément pentu.

Une fois de plus l'Ampoule eut cette incommodante façon de nous presser pour qu'on lui raconte, alors qu'il n'y avait rien à dire, sinon que papa s'était juste mis sur le bord de la route pour faire signe aux voitures, afin d'invoquer un coup de main ; un point c'est tout.

Peut-être était-il un peu trop en sortie de virage ? Peut-être sa gestuelle était-elle un peu trop spectaculaire ? C'est possible, mais de là à faire un tel accident... D'ailleurs il fut bien le premier surpris par cet écart terrible qu'avait fait le chauffeur pour l'éviter, une embardée comique qui nous parut à tous un tantinet exagérée ; à croire qu'il y a de l'abus, sinon de la mauvaise foi, chez les chauffeurs de car.

Toujours est-il que de la part du père c'était une sacrée démonstration, parce que l'Ampoule, tout motorisé qu'il était, après trois heures de recherche il n'avait toujours pas été foutu de nous trouver une dépanneuse, pas même le plus petit tournevis, alors que dans le même temps papa t'avait rameuté là pas moins de dix camions de pompier, la police, la Croix-Rouge, et on nous promettait un hélicoptère.

L'amour, rien n'est plus galvaudé que l'amour, d'interminables implications de romances qui se confondent en généalogies, des unions qui se fondent sur le dos des enfants, des amants devenus des parents, qui à leur tour aimeront leurs enfants... Et les grands-parents au-dessus de ça, en point d'orgue, pour palier les carences et redistribuer l'épargne, des vieux qui se voient revivre dans les fruits de leur semence et qui vous ouvrent le chemin de leur porte-monnaie dès lors qu'en dessous ça se précarise, puis qui s'éteignent docilement un jour, après avoir longtemps promis de ne pas le faire, en vous laissant les clefs de tout... Et ainsi de suite se perpétuent les schémas de la pérennité familiale, avec toujours le même prétexte, le même point de départ : l'amour, le coup de foudre, des quarts d'heure d'yeux doux comme substrat aux genèses, des écarts de moralité dont au fond nous ne sommes rien d'autre que la lointaine rémanence... Mais pour ce qui est de notre cas, si à l'hôtel on s'efforce de coucher tous dans la même chambre, si on se regroupe jusqu'à manquer d'espace, c'est certainement pas par pure idéologie de la filiation, ni par amour non plus, mais c'est tout bonnement qu'à six dans la même piaule les nuits vous reviennent moins cher.

Dans un premier temps, le goût vestimentaire de la tribu sembla surprendre le réceptionniste, mais dès lors qu'il a compris que l'Ampoule était avec nous, avec la caméra portée bien haut sur l'épaule, d'un coup le grincheux a changé de registre, d'un coup il est passé du mal aimable au tout coulant, allant même jusqu'à sourire bêtement à l'objectif, parfaitement grisé de se savoir filmé, nous demandant même si on avait des valises, auquel cas il était tout disposé à les porter.

— Pour quoi faire des valises ?

Sans se faire prier, le grand type nous a précédés au travers de l'endroit, nous guidant comme une délégation, veillant sans cesse à rester dans le champ de la caméra et cherchant à savoir pour quelle émission c'était. On suivait derrière lui en file indienne, les frangins et moi qui portions le fauteuil à bout de bras, la grand-mère qui se prenait le chignon aux lustres et la mère un peu à la traîne, impressionnée par tout ce luxe, la mère qui détaillait l'hôtel comme on visite le Louvre, parfaitement scandalisée par le ménage que tout cela supposait. Quant au pater, il n'en revenait toujours pas de l'intervention de l'Ampoule. Qu'une simple caméra — ustensile qui dans le fond ne relève ni plus ni moins que de l'électroménager — vous ouvre la voie de toutes les considérations, qu'une simple caméra suffise à imposer le respect, il n'en revenait pas. Pour s'en rendre compte, il n'est qu'à se balader en ville suivi d'un cameraman, un cameraman qui vous emboîte le pas et vous file à la façon d'un homme politique, il n'est qu'à faire l'essai pour voir qu'instantanément les trottoirs se dégagent et les considérations s'épanouissent.

Le soir, plutôt que de souper tranquillement dans la chambre on descendait dans le grand salon. De belles nappes blanches couchées sur les tables rondes, un dégradé d'assiettes avec des verres en double, des serviettes sans prénom, bien pratiques tout de même, tout y était sauf la télé. Au milieu de ça glissait un équipage de serveurs fluides, zélés comme des patineurs, qui nous servaient la soupe en plus de l'apporter, et la mère qui se proposait chaque fois de les aider. Contrairement au Restoroute, dans ce salon-là il n'y avait rien à regarder, pas de vue véritable sinon les tables des autres, que des gens absorbés par leur conversation.

Après les digestifs, on a marché en direction du grand large, mais pour toute mer ce qu'il y avait là ça n'était que le port, le port en antichambre au grand spectacle. C'était d'autant plus décevant qu'il était vide, jonché de bateaux accoudés, offrant le spectacle désolé d'une mer à sec et très mal éclairée. Quant au grand large, il était adossé de l'autre côté, contenu par le portillon de l'écluse. La grand-mère était furax, d'autant que l'odeur qui régnait était ni plus ni moins la même que celle du rayon poissonnerie de l'Inter ; et encore elle nous soutenait que le rayon produits frais des Mousquetaires était bien mieux tenu que les abords de ce bassin-là, bien mieux savonné. Pas la peine d'attendre qu'on la remplisse. Les parents, toujours aussi blasés, toujours aussi peu rebelles face aux avatars de la vie, ont simplement dit qu'on verrait ça demain, un peu déçus tout de même de ne pas retrouver ce qu'on savait des bienfaits de l'iode, un peu amers de ne pas ressentir la sauvagerie de ces embruns qui décongestionnent jusqu'aux tréfonds de l'âme.

En marchant vers l'hôtel, il y avait pas mal d'amertume dans nos pas mal chaussés, pas tant à cause du port et de sa désolation mais à l'idée qu'en ce moment même notre pauvre maison devait croupir toute seule là-bas, sans lumière ni chauffage, et ce pour la toute première fois de son histoire. Depuis que les ancêtres l'avaient élevée la baraque, jamais elle n'avait été désertée, jamais on ne l'avait laissée toutes fenêtres et tous volets fermés, sans la moindre âme à y résonner. Sans doute était-ce le mal du pays qui s'épanouissait, une froidure intrinsèque qui resserrait le groupe. Chez nous, jamais ne nous serait venue l'idée de marcher côte à côte, jamais ne nous serait venue l'idée d'aller faire un tour après souper, alors que là, en plus de se suivre, on se collait tous.

Déjà on ne rêvait plus que d'une chose, se retrouver devant la télé, baigner dans la lumière bleu liquide du ballet d'électrons, s'immerger comme ça pendant des heures, se faire déposséder de son être par le suivi de l'intrigue, jusqu'à se perdre dans la dominante bleue qui danse, rassurante et chaude comme les cheminées d'antan, des lueurs toutes pareilles aux chemins d'ennui de nos ancêtres, ceux dont au fond on ne diffère pas tant.

Dans la famille, on a tellement rompu avec l'espoir, on a tellement peu de foi dans le devenir, qu'on ne fait même plus de projet. Ce matin, si l'Ampoule n'était pas venu nous sortir du lit, s'il n'avait pas eu en tête de faire tout un tas de choses, on aurait volontiers passé la journée dans notre chambre, la fenêtre ouverte sur l'unique rue de la vue.

Avant de sortir, la mère nous révisa tous d'un petit coup de fer ; ça la rendait fière qu'on soit bien repassés, ça la rehaussait d'un orgueil incompréhensible, comme si la dignité nous venait de ses plis.

En marchant au-delà du port on est tombés sur un grand quai, un mur immense qui bordait le grand bain. Ce coup-ci elle était là, à jouer dans son grand parc. Toujours aussi critique, la grand-mère jura qu'elle voyait ça plus grand, mieux aéré, d'autant qu'en l'occurrence ça sentait le brûlé. En plus c'était une mer d'automne qu'on avait là, totalement désengagée. On était très loin de cette configuration estivale qui fonde les feuilletons à maillots de bain, avec ces mosaïques de belles femmes jamais vraiment séchées, ce polissage incessant de l'eau sur le sable et ces anges blonds qui courent avec l'accent anglais, des braves gars à la vie en forme de vacances, mais toujours gênés par des réseaux d'intrigues à démêler.

Les parents, pas plus intéressés que ça, ont trouvé ça normal, conforme à l'idée qu'ils s'en faisaient. Ce qui les frappait le plus n'était pas tant les dimensions du grand large que la flottaison des paquebots. Que ces grands machins-là tiennent sur l'eau alors que nous autres on s'enfonce, que des tonnes de ferraille glissent sur l'onde alors qu'eux-mêmes ne sont même pas foutus de nager, ça leur semblait impensable. Quant à nous, nous les sales gosses à qui l'on ne demande jamais leur avis, tout ce qu'on voulait c'était se baigner, plonger là-dedans pour en revenir trempés, mais vu que l'air était froid l'eau n'était pas praticable.

En voyant à quel point ce lent paquebot nous fascinait tous, un long ferry qui coulissait hors de son port, l'Ampoule nous a suggéré de lui faire des grands signes, comme à l'autocar d'hier soir ; comme si l'inconséquence des choses pouvait obéir à d'aussi minimes provocations. Et si on a continué à agiter nos bonjours, si on a continué à leur faire des grands signes, ça n'était certainement pas pour satisfaire le reporter, mais tout bonnement parce que depuis le bateau des tas de gens nous répondaient. La grand-mère, elle qu'est aussi aimable qu'une porte de prison, voilà que les paquebots la rendaient gracieuse, voilà que pour une fois on la voyait lever le bras et secouer sa petite main en forme de mouchoir. Puis il y eut cette longue silhouette blanche sur le pont de commandement, sans doute un officier. Sobrement, à l'anglaise, il nous agitait le gant, un tantinet charmeur, parfaitement protocolaire. Cette réponse a suffi pour nous décupler, tellement flattés que nous étions par la civilité de ces gens-là, bien plus aimables en tout cas que les pilotes d'avion. C'est alors que des dizaines de passagers se sont mis à sortir sur les différents ponts, affluant tous sur bâbord, le bras en l'air à nous donner du hello.

L'Ampoule exultait. Cet imbécile supposait peut-être qu'en les attirant tous on ferait pencher le mastodonte. Penses-tu ! Ces machins-là sont bien pensés, et si le mystère des paquebots c'est bien qu'ils flottent, rien de miraculeux à ce qu'ils restent stables.

Déjà parfaitement désintéressée du spectacle, chatouillée par cette odeur de brûlé qui s'accentuait dans l'espace — odeur d'ailleurs corroborée par les sirènes de pompiers —, c'est là que maman, le plus innocemment du monde, sur le mode détaché du « au fait », nous a demandé si on se souvenait de l'avoir vue débrancher le fer.

Va savoir pourquoi à ce moment-là l'Ampoule s'est mis à courir en direction de l'hôtel, hurlant que ce coup-ci, ça y était.

L'Ampoule trouvait ça incroyable qu'on ne soit pas plus inquiets, qu'on ne soit pas torturés d'inquiétude, alors que le Totor avait pourtant disparu depuis la veille, toute une nuit sans donner de ses nouvelles.

— Mais son vrai prénom, c'est quoi ?

Les parents avaient beau chercher ils ne voyaient pas, du moins les versions différaient. Sans prendre le temps de la réflexion le père certifiait que c'était Victor. À une syllabe près maman était d'accord, si ce n'est que pour elle c'était Hector. La grand-mère pour sa part jurait bien que c'était André.

— Mais si son vrai prénom c'est André, pourquoi diable l'auriez-vous surnommé Totor ?

— Parce qu'on ne voulait pas prendre le risque que les gens l'appellent Dédé, c'est terrible Dédé, impossible à porter, alors que Totor c'est déjà moins courant.

L'Ampoule avait besoin du prénom exact

164

pour le communiquer à ses amis de la télé. La disparition d'un gamin en titre du 20 heures c'est toujours poignant. C'est même rudement impliquant pour celui qui regarde ; tout le monde se voit déjà fournir son renseignement, refiler son témoignage. Et convier le spectateur à ce genre d'appel à témoin, c'est à coup sûr faire sauter le standard. Il va sans dire que la disparition du Totor n'était pas à proprement parler une catastrophe, ni un événement national, pourtant cela en bouleverserait plus d'un. De jour en jour les gens attendraient des nouvelles, on ouvrirait le poste rien que pour savoir la suite, flash après flash on se désolerait de ne pas en savoir plus, on reprendrait espoir au premier indice, on se remettrait à douter dès que la police infirmerait le témoignage, ce serait comme un grand feuilleton à suspense, un feuilleton pour de vrai. C'est pourquoi l'Ampoule avait besoin d'une photo du frangin, pour que tout le monde le voie, mais le problème c'est que les parents ne voulaient pas lui donner, les parents confondants de mauvaise volonté.

— Mais enfin, on l'a peut-être enlevé votre gamin, ou peut-être même kidnappé !

Ils partirent tous deux d'un fou rire :
— Pourquoi veux-tu qu'on nous le fauche ? Qui diable irait se compliquer l'existence avec un gamin muet comme une tombe et qui ne fait qu'écrire ?

Ils voulaient d'autant moins lui donner de photo qu'ils n'en avaient pas. Les parents c'était pas le genre à se trimbaler avec la trombine des mômes calée dans le portefeuille, sans compter que la plupart de nos affaires avaient brûlé dans l'incendie d'hier.

Pourtant c'est vrai que ce serait flatteur de voir la tronche du petit frère en ouverture du 20 heures, le Totor en grand titre, ça en mettrait plein la vue à pas mal de gens qu'on connaît, non pas qu'il s'agisse de reluire en les apitoyant ou que l'on mise sur la compassion pour se faire un renom, mais tout de même, ça n'est pas donné à tout le monde d'avoir la photo de son gamin en ouverture du Journal.

À défaut de photo, l'Ampoule repiqua des bouts de films qu'il avait faits. Pas simple, car de nous tous c'était bien le Totor qu'on voyait le moins, et les rares fois où il apparaissait, soit il se débinait dare-dare dans le hors-champ, soit il se plantait face caméra pour tortiller des grimaces, se tordant le rictus jusqu'à l'impossible, de bien curieuses singeries qui même en ces circonstances particulièrement douloureuses avaient le don d'énerver.

Pour l'Ampoule, l'essentiel était bien qu'on voie le gosse en gros plan. Grimace ou pas, il exultait le cinéaste, et même si en terme de reportage on était loin du grand spectacle, de l'accident idéal, avec des gens en vrac et des flammes au devant, il n'empêche que la disparition d'un gosse, agrémentée d'images de lui prises juste avant les faits, en soi c'est déjà un scoop, l'assurance en tout cas d'une heure de grande écoute... Enfin l'Ampoule faisait autre chose que la gueule, enfin il était récompensé.

C'est alors qu'on marchait vers la poste que du haut de son fauteuil la grand-mère s'étrangla, nous ordonnant de voir ce qu'elle voyait là : le frangin au bistro du port, avec autour de lui une clientèle parfaitement émue, littéralement absorbée par le spectacle, à croire que la vue d'un gamin en train d'écrire tétanisait l'assemblée, la figeait d'une incrédulité radieuse. Vu de dehors, ça faisait comme une crèche, la même retenue précautionneuse, la même piété oiseuse.

En général ce qui domine dans ce genre de retrouvailles c'est la joie, l'exaltation, toute une floraison de débordements... Pas chez nous. Pour tout dire on l'avait même un peu mauvaise.

En fait il était coincé là depuis la veille, à cause d'un chapitre qu'il voulait finir. Il nous a même émus en chialant presque, nous confessant que depuis que l'on bougeait sans cesse, depuis que notre vie s'était à ce point accélérée, il n'arrivait plus à suivre. Au-delà de la sienne, sans doute consignait-il les avatars de nos petites vies, dans le genre biographie de groupe, à moins que ce ne soient des préoccu-

pations d'ordre plus esthétique qui le tarau-
daient, une prédisposition qui le poussait à retranscrire la poésie des sites que nous
traversions, à broder le fil de nos pérégrina-
tions, et dans ces conditions la découverte de
la mer avait été pour lui une trop forte émotion, une émotion d'au moins cent pages, un
flux qui supposait que pour un temps il s'arrête, qu'il souffle et s'applique à tout retranscrire des périphrases de ses émois.

Les parents ont longuement oscillé entre la
grâce du dénouement et la pulsion des repré-
sailles, mais vu que toute famille est tenue de
s'aimer, vu qu'entre homonymes c'est bien la
moindre des choses de se montrer complai-
sants, autant faire l'impasse sur les règlements
de comptes. D'autant qu'on le sentait rudement gêné le Totor, preuve qu'il avait dû souffrir, preuve que ce besoin d'écrire relevait bien
plus de l'incontinence que du goût de nous
snober.

Il a fallu que la grand-mère intervienne pour
que les parents se fâchent, la grand-mère qui
au nom des grands principes ordonnait au père
de réprimander, car tout de même ça ne se fait
pas de disparaître comme ça, de s'évaporer
sans donner de ses nouvelles. Mais le père n'y
arriva pas, le père qui se sentait coupable de
blâmer le seul d'entre nous qui faisait l'effort
de s'élever, le père qui percevait toute l'injus-
tice qu'il y aurait à sanctionner celui-là. Si bien

168

que l'indulgence l'emporta, et plutôt que de rester plantés là on est tous passés à table, histoire de prendre un verre en attendant que le frangin finisse. L'assistance fut globalement soulagée de voir que la réconciliation prévalait, et toute la salle fut parcourue d'un grand ouf.

L'Ampoule n'en revenait pas de voir tout ce monde à ce point concerné par un tel non-événement, un Ampoule complètement abattu, parfaitement dépité. Pas de doute qu'en lui une petite voix faisait son travail, une sourde angoisse qui le déconsidérait de l'intérieur, l'entamant pas à pas, comme s'il réalisait que finalement il n'y arriverait jamais, malgré la meilleure volonté du monde il n'y arriverait jamais...

— Dites, c'est quoi le truc que vous prenez d'habitude ?

— ... Garçon, quatre Picon bière.

— En fait, ce qu'il nous faudrait c'est les Américains, les vrais, ceux qui foutent les pieds sur la Lune au lieu de nous pondre des vers dessus, ceux qui l'investissent au lieu de poétiser, une fois de plus il faudrait que ces gars-là viennent nous filer un coup de main... Il n'y a qu'eux pour avoir un tel sens du spectacle. Eux seuls seraient à même de saisir toute l'envergure de votre destin, et plutôt que d'attendre que des pans entiers du monde s'éboulent dans un pays aussi bien rangé que le nôtre, plutôt que de retourner la nation en ménageant les notes de frais, on ferait mieux de voir carrément les choses en grand et taper un grand coup en visant ce qui se fait de mieux. Vu que ces gens-là ne reculent devant rien, vu qu'ils vous font des ponts d'or au seul prétexte que vous avez de l'ambition, pas de doute qu'ils seraient prêts à y mettre le prix, et pour peu qu'on leur promette une vraie belle catastrophe, quelque chose de saignant, je suis bien sûr qu'ils nous ouvriraient toutes les destinations, Bombay, Katmandou ou Saturne, jusque-là ils ont leurs entrées...

Depuis que l'Ampoule s'était mis à boire on ne l'arrêtait plus, un Ampoule d'autant plus entamé qu'il supportait mal la bière et que le houblon lui cirrhosait le foie jusque dans le regard. À longueur de journée il nous rabâchait ses débâcles, convaincu que le Vieux Continent était trop tiède pour que s'y fomentent de vraies belles catastrophes, et que l'égoïsme de nos désertions nous interdisait toute idée de révolte ou de révolution. Les carnages et les soulèvements, ça ne se vit plus qu'à l'échelle individuelle, fini le temps où il suffisait de pousser pour que les régimes tombent, fini les bidonvilles inflammables et les mouvements de populations. Le vrai grand bordel, c'est pour les livres d'histoire, et les seuls exodes qui nous restent c'est au moment des bouchons, des flux plus ou moins régulés par les mixtions, décuplés par les péages, psalmodiés d'injonctions, et pour peu que les vacances se terminent, pour peu que l'accident se tasse ou que la grève se résorbe, en moins d'une heure tout est rentré dans l'ordre. Croyez-moi, pour voir du grandiose, du vrai, il vaudrait mieux qu'on bouge, qu'on pousse au moins jusqu'à l'Afrique ou même la Perse, le Moyen Âge à moins de deux heures d'avion, d'autant qu'avec un verre dans le nez toutes les distances sont prenables, et pour peu qu'on force un peu le destin, pour peu qu'on se concentre ou qu'on se reprenne un verre, ce coup-ci ça y est, on y est, tu vois : c'est ça l'effet Picon bière.

À force de nous faire venir l'eau à la bouche en parlant de Bahamas, à force d'agiter des noms qu'on croyait réservés aux dictionnaires, il a fini par nous faire rêver, le cinéaste. Quant à la grand-mère — déjà pas mal surprise d'apprendre que des continents il y en avait d'autres —, en tout état de cause elle nous suivrait.

Un train qui chavire dans les bidonvilles de Manille, la panique générale dans un climat de dépeçage, des wagons débordant d'ectoplasmes, à dix par banquette, sauf les déjà morts qui voyagent par terre... Pour faire valser ce genre de train-là, il n'y aurait même pas besoin de le faire exprès, suffirait juste d'une voiture mal garée, avec l'avant qui dépasse un peu sur la voie, et ce serait la folie de la bascule... La rame qui s'accoude dans un océan de vieilles bicoques, un tas de pauvres gens pris en dessous, des gens déjà pauvres à la base et mourant bien plus radicalement que chez nous, un *Titanic* en mer chaude... Là-bas on verrait de ces drames, que même animé de la meilleure volonté personne ici ne pourrait solliciter.

Nous savons tous ce que l'alcool résout dans la tête froide d'un homme, et comment les images s'y coagulent pour peu que les esprits s'échauffent, il n'empêche que c'est comme ça

172

que le goût du voyage nous est venu, à force d'écouter l'Ampoule, dans un fumet d'oranges amères et de houblon vert, une vocation née de rien d'autre en somme que d'un débordement.

Le film à grand spectacle on est venus pour
le faire, pas pour le voir, on est venus liquider
le Grand Ouest et dévaliser le Nebraska, on est
venus goûter le raz de marée et enjamber la
faille, et puisqu'il y a tant de périls qui vous
pendent au nez, plutôt que de les attendre autant les inciter.

À la douane ils étaient perplexes de nous
voir arriver, pour tout dire inquiets, ne compre-
nant pas bien les motifs que pouvait bien avoir
une armada comme la nôtre de venir découvrir
l'Amérique. À peine débarqués, ils nous ont
sondés comme à l'affût d'une quelconque dis-
symétrie, nous posant des tas de questions
quant à la nature exacte de notre voyage, à
croire qu'on n'avait pas des têtes à faire du tou-
risme, ou qu'ils craignaient qu'on ait dans
l'idée de s'installer. Face à tant de suspicion,
très vite on s'est sentis relégués comme des no-
mades, pire qu'immigrés. C'est que nous bu-
tions sur l'une de ces barrières qui font que le

monde est monde, un goût de la convenance qui fait que où qu'on aille, on a besoin d'un ticket.

Au lieu de nous laisser passer, ils nous ont demandé d'attendre là, le temps de procéder à toutes sortes de vérifications, un tantinet procéduriers, à la limite même de la désobligeance. L'Amérique était pourtant là, à l'autre bout du couloir, d'ailleurs on en voyait un bout au travers de la baie vitrée, un peu comme la piscine au moment de payer l'entrée, dans ce moment interminable où l'on se sent déjà gagné par la tiédeur de l'eau et les odeurs de chlore, mais où il faut se montrer patient, le temps au moins de trouver une cabine et de s'y déshabiller. Le drame c'est qu'à peine passée l'entrée, là encore on menaçait de nous refouler, là encore on nous soupesait. C'est alors que nous est venue l'idée de resquiller — toujours comme à la piscine — et de fausser compagnie à nos amis douaniers. L'Ampoule trouva l'idée intéressante, parfaitement prometteuse, d'ailleurs il déballa à la hâte son matériel pour filmer, ne doutant pas qu'une initiative pareille nous vaudrait du spectacle. Pas de doute que de se frictionner avec les services de l'immigration, forcer le passage comme au moment des caisses, ça nous vaudrait une belle empoignade, d'autant que ces gars-là avaient l'air rudement entraînés, et que le père tout autant que la grand-mère n'étaient pas du genre à se laisser marcher sur les pieds. L'Ampoule se voyait déjà scooper tout ça en plan large, un Ampoule tellement enthousiaste, tellement sûr de lui, qu'il en était méconnaissable, à croire que la totale décontraction qui régnait ici l'avait gagné lui aussi. Un Ampoule ressuscité pour la circonstance, ayant tout juste glissé du Picon bière au whisky glace, implacablement pris lui aussi dans la dérive des continents.

— Mais dites donc, ils sont faux vos passeports... ?

Possible, on les a gagnés à un jeu quiz sur le café : le Tour du monde en quatre-vingts questions... Sans le moindre humour ils nous ont placés dans une salle un peu en retrait, nettement moins hospitalière que le hall d'arrivée, avec sur le mur du fond toute une batterie d'écrans de contrôle, des télésurveillances ouvrant mille et une perspectives sur l'agglomération. Il est dit qu'une télé allumée dispose à la regarder, d'ailleurs c'est ce qu'on a fait. Des parkings sombres et des halls encombrés, des trafics qui se régulent et des foules qui congestionnent, des plans larges sur les avenues et d'autres serrés sur l'entrée des palaces, tout un casting de gens perdus dans leur histoire, avec de temps en temps un petit coup de zoom sur les plus ambigus... D'emblée on s'est sentis largués dans cette ambiance-là, paumés comme en plein centre-ville. Des avenues larges comme des feuilletons et des carrefours à multiples résolutions, une faune complexe allant de l'anodin au patenté, de la mémé Barbie aux multivitaminés, et des tas de gosses au milieu de ça, pire qu'en récréation, des gosses blindés comme des porte-avions, et tout aussi susceptibles. De ce point de vue-là, les feuilletons ne mentent pas, là-bas ils te refroidissent un mec sans même prendre le temps de s'engueuler. C'est cette même radicalité qui fait que souvent ça dégénère, un manque de nuance qui les accule à des comportements excessifs, et si en terme d'intrigues on s'accommode très bien des schémas simples, des éternités distillées dans des deux-pièces cuisine, deux trois amants à fleur de peau pour s'envoyer les répliques, eux autres il leur faut du concret, des situations bien campées et des personnages avant tout explicites.

Il n'y avait guère que mémé pour trouver ça fascinant, la grand-mère aussi captivée que devant sa télé. Depuis le temps qu'elle les gobait leurs séries, depuis le temps qu'elle s'initiait à ces décors, il va sans dire qu'elle retrouvait tout. Il y en a même certains dont elle savait carrément le prénom. La vieille, elle croyait voir *Dallas* à tous les coins de rue, elle retrouvait le nom des sites et savait le nom des avenues, d'ailleurs c'était bien la seule à se sentir chez elle, sans la moindre étrangeté. Des voitures extra-longues aux sirènes de partout, des belles filles à mi-cuisses aux balèzes à manches courtes, rien de tout ça ne l'étonnait. Et le grand brun là-bas, ce ne serait pas Magnum par hasard ? Et celle-là, ce serait pas Chapeau melon et bottes de cuir ? Mais non mémé, Chapeau melon c'est l'Angleterre. — Je vous dis que non... — Ta gueule mémé, et puis d'abord éteins ça. On les connaît par cœur leurs combines, d'avance on sait celui qui va mourir et celui qui finira en prison, ça fait vingt ans qu'ils nous les rediffusent leurs bobines, vingt ans qu'on les révise, et déjà qu'on peut plus les voir quand elles passent à la maison, on ne va tout de même pas se les taper pour de vrai... Allez zou, on se tire.

Les douaniers étaient pourtant disposés à nous laisser entrer, nous tendant le Nouveau Monde comme un plat de nouilles froides ; demi-tour leur a-t-on répondu, ticket ou pas nous on se baigne pas...

Et ce pauvre l'Ampoule qui restait planté là.

— Ne nous en veux pas, mais on l'a déjà vu ce coin-là, on le connaît même par cœur, alors si c'est pour retrouver ce qu'on voit tous les jours à la maison, autant regarder les feuilletons.

Le retour fut difficile, surtout pour l'Ampoule.

Pour lui ce fut un genre de fin des haricots, un retour au Picon bière. C'était d'autant plus dur que nous arrivions dans ces saisons délicates à vivre à la campagne, ces premiers mois en R où le soleil n'en finit pas de reculer et où les granges nous font de l'ombre à partir de trois heures. Le plus triste c'est qu'à l'amertume s'ajoutait la rancœur, à croire qu'il nous en voulait, ou qu'il nous tenait pour responsables de cette confondante normalité qui nous arrivait, ce manque total de hasard.

Histoire de se racheter on lui a fait toutes sortes de propositions, des idées de films plus ou moins champêtres, des documentaires qui auraient valeur de témoignage et qui justifieraient son matériel. Ne serait-ce que pour lui faire plaisir on était prêts à remettre sur pied mille et une scènes du patrimoine perdu, d'autant que chez nous le passé avait une fâcheuse tendance à se pérenniser. Chez nous il n'était pas besoin de tricher pour faire rustique, et du toilettage des chevaux de trait au labourage à pied, de l'ensemencement à la main au battage au fléau, pour peu qu'on fouille un peu dans la grange on trouverait tout ce qu'il faut d'anachronismes pour donner l'illusion de l'antique. Par contre, s'il préférait quelque chose de plus larmoyant, suggérer le pathétique en filmant l'à-peu-près, il n'aurait qu'à montrer l'état de notre inconfort, il n'aurait qu'à filmer toutes ces approximations qui nous tiennent lieu de bien-être et faire un reportage pédagogique sur les vertus du recyclage, un genre d'antithèse de l'économisme, histoire que les gens voient bien où ça mène d'avoir toujours refusé tout crédit. Pour titiller le citadin il n'aurait qu'à montrer l'évier-à-fenêtre de notre pauvre mère, une simple pierre d'évier qui nous servait à la fois de lave-vaisselle et de salle de bains. Il n'aurait qu'à énumérer tous ces systèmes D qui faisaient qu'ici, même sans chauffage, on avait tout le temps chaud, qu'on faisait de la crème aux frais des vaches et qu'on se lavait les pieds à l'eau de source. Et s'il misait sur le créneau plus tardif des instruits, ceux qui se couchent tard et qui ont le temps d'apprendre, il n'aurait qu'à porter un regard un tant soit peu ethnologique sur notre tribu, disséquer par le menu cette étape si particulière de la civilisation qui règne chez nous. Dans le genre linguistique, il n'aurait qu'à relever ce sens de la nuance qui fait qu'ici on parle fort tout le temps et qu'on s'engueule à chaque phrase, une éloquence tout articulée sur le mode du crescendo, souveraine pour ce qui est de la prise en défaut, mais qui n'est jamais aussi aboutie que dans le gros mot.

À défaut d'illustrations grandioses, on pourrait faire un reportage sur le Totor moyen, un dossier genre popote sur les occupations de l'infirme, la force sublimée des aptitudes perdues. Sous couvert de psychologie, on pourrait faire des images de ce petit prodige largué dans la rugosité de notre cadre, une immersion sociale en plan large, avec des vues du Totor écrivant sur une table complètement embarrassée, le poète environné de ses plats, et la grand-mère en contrechamp, chancelante comme une bougie, histoire de signifier l'hostilité de l'environnement de l'artiste... Bien sûr, avec ce genre de reportage il n'y aurait pas de quoi faire le tour du monde, pas de quoi ravir le Pulitzer, mais en terme d'émotion pas de doute que ça vous prendrait là !

Seulement voilà, rien de tout ça ne l'emballait, à croire qu'en aucune façon il ne voulait porter sur nous un regard fondé d'humanité ; à croire qu'il n'en avait rien à faire de nos particularismes. Non content de rejeter une à une nos propositions, il s'obstinait à dire que notre vrai talent était ailleurs, un pur génie, et que pour sa part il restait convaincu de ne l'avoir en rien surestimé. Il alla même jusqu'à nous confesser que le vrai problème venait de lui, que c'était de sa faute si tout avait raté. Le pauvre, il en devenait tellement déprimé, tellement contrit, qu'à un moment on a craint que ce soit lui qui nous le fasse le coup du drame, et qu'un beau matin on le retrouve là, pendu au-dessus du lit, la caméra braquée sur lui en position automatique. Que dire à un homme qui à longueur de journée fait et refait le tour de tout ce qu'il a enregistré, avec ce regard affligé de la relecture, que dire à un homme parfaitement consterné qui revisionne des kilomètres et des kilomètres de film sans le moindre chaos, des bobines entières dont la seule véritable intrigue est de savoir à quel moment il faudrait en changer.

Peut-être aurait-il mieux valu en rester là, considérer sans amertume que le seul bénéfice de notre collaboration aura été de nous connaître. En ce qui nous concerne, nous lui devrons d'avoir pas mal voyagé. Pour sa part il aura appris pas mal de choses, à écouter l'eau de pluie comme si c'était un disque, à dormir sans dessus-de-lit ni matelas, à se laver avec un seul litre d'eau, à se réveiller au chant des poules et à se coucher à la mire... Cela dit, même si ces dispositions ne sont pas faites pour fixer le touriste, même si l'hospitalité de notre gîte tient plus à la chaleur de l'accueil qu'à la commodité du site, il n'empêche qu'il ne parlait jamais de partir. Au bout d'un certain temps, il ne parlait même plus de nous filmer, ne sortant même plus ses caméras de ses housses. Sans doute laissait-il son amertume se conjuguer à nos après-midi crépusculaires, des fins de journées de plus en plus lâches, nous menant tout droit vers l'hiver. Sans doute sentait-il poindre en lui comme un automne, la commodité d'arpenter sa fièvre pour mieux faire le point, cette curieuse intention de se perdre pour mieux se retrouver, ce goût de la convalescence.

— De toute façon t'es ici chez toi, tu restes le temps que tu veux, si le cœur t'en dit tu peux même tomber malade ; pour peu que tu participes aux frais tu peux même tomber malade.

En fin de compte, il passa tout l'hiver avec nous et tout se passa merveilleusement bien. Le seul petit problème de cohabitation ce fut au sujet des soirées, car bien que la télé ce soit son monde à ce bonhomme-là, son univers autant que son gagne-pain, il ne voulait jamais la regarder. Il était même complètement asocial de ce point de vue-là, presque offensé qu'on l'allume, parfaitement révolté qu'on puisse rester des heures devant. Son argument majeur pour nous dissuader de la regarder c'était de décréter qu'il n'y avait rien ; chaque fois qu'on lui proposait de s'asseoir avec nous il nous lançait rageusement : — Mais vous voyez bien que ce soir il n'y a rien, qu'il n'y a jamais rien... Alors qu'on n'a pourtant pas trop de deux yeux pour tout voir.

Le soir, son truc c'était de se coucher tôt, et plutôt que de voir les films il préférait les lire. Mais vu que dans nos étagères il ne pousse que des bibelots à robes et des poupées à cul, pour le dépanner le Totor lui a fourgué sa pile de cahiers, la compilation entière, histoire que l'invité s'endorme en faisant autre chose que de feuilleter *Lou Païs* et *El Gratis*.

Et c'est là, contre toute attente, que tout a basculé. C'est de ce fameux soir-là que le miracle nous est arrivé.

— Bon sang mais tout y est !

Dans ses bon Dieu de cahiers tout y était, avec en prime un rendu proche du pathétique, un lyrisme feutré d'un manque de vocabulaire, devenu encore plus poignant à cause de cela. Un style étincelant de lacunes, elliptique jusqu'à l'abscons, tout ce qui caractérise la naïveté docile des puissants illettrés. Cela dit, au moment des grabuges et des accidents, là par contre ça fusait d'adjectifs... L'Ampoule nous a lu deux ou trois passages à haute voix, histoire qu'on se rende compte, et rien que de l'entendre c'était aussi saisissant que de se revoir. On y retrouvait tout, on s'y reconnaissait tous, jusqu'à la honte. Même la grand-mère se trouva confuse de se savoir si mauvaise, et pas mal ébranlée d'apprendre ce qu'on pensait d'elle. C'est que dans ce récit-là passaient tout un tas de nuances que les pellicules rendent mal.

L'Ampoule n'en revenait pas. Nous non plus. Ce coup-ci c'est pour de bon qu'il nous promettait du succès, des palettes entières de livres, plein les hypermarchés. Notre brave Ampoule, c'était bien la première fois qu'on le voyait à ce point réveillé, enthousiaste au possible. Lui qui avait fait des études pour en arriver là, et qui à ce titre avait dû se taper pas mal de livres et d'écrits, il certifiait n'avoir jamais reçu un tel choc.

— Mais je vous jure que tout y est, mieux qu'en vrai : les Allemands, l'autocar, le sulfate, le Boeing, et même le coup du lance-pierres ; tout je vous dis...

Le coup du lance-pierres, ce devait être une cachotterie du Totor, une connerie à lui. C'est vrai qu'on l'avait déjà vu dégommer le ciel avec son lance-pierres, et à en croire ce que disaient les cahiers il y aurait tout lieu d'établir une liaison de cause à effet entre ses ball-traps et la débandade du 747.

Le jour du prix, une foule de journalistes emplissait la cour, s'exprimant dans un peu toutes les langues. Vu que ce coup-ci c'était notre tour d'être en position de force, on ne se gênait plus pour leur demander de s'essuyer les pieds. Ils étaient tous là à nous poser des questions, le sourire tendu et le micro en mouillette. Ce qui les étonnait le plus, c'était de découvrir l'auteur. Ils trouvaient parfaitement inconcevable qu'un gamin de douze ans puisse écrire un tel livre, qu'à son âge il ait déjà une telle science du drame. Ce qui leur paraissait encore bien plus impensable, sinon intolérable, c'était que cet auteur-là ne soit même pas foutu de parler, incapable de répondre. Mais puisqu'on vous dit qu'il est muet notre gamin...

Balancer ce genre de prix à un auteur sans parole, publier un bouquin alors que l'auteur n'a même pas la faculté de l'expliquer, voilà bien qui atteste du total anachronisme du monde de l'édition, de sa totale inadaptation aux exigences des nouveaux médias. Que l'auteur ne soit pas foutu de raconter son livre, voilà qui lui ôtait toute sa valeur, toute vraie promesse de succès. Qu'un écrivain soit autiste, passe encore, en lui tirant un peu les vers du nez on arrive toujours à faire un semblant d'interview, que d'autres se singularisent par leur aspect taciturne, des ombrageux qui affectent leur mutisme comme une marque de leur génie, pourquoi pas, au pire ces gens-là sont au moins capables de sortir un mot de temps en temps, au mieux ils ânonnent... mais qu'on publie un type incapable d'expliquer son propos, qu'on édite ce genre de sphinx avec le silence en point d'orgue, ça par contre c'est inadmissible.

Dans ces conditions, on le fait comment notre boulot ? Et à la place de l'interview, on montre quoi ?

Par esprit de conciliation on a fait plusieurs essais devant les caméras, d'abord avec la grand-mère, comme si c'était elle qui l'avait pondu le best-seller. Et s'il est vrai que dans le rôle de l'auteur elle était tout aussi crédible que n'importe qui, le seul accroc c'est qu'il fallait lui répéter vingt fois les questions avant qu'elle les capte, et bien lui articuler dans l'appareil.

Face à la mémé, ce sont les télés étrangères qui ont craqué les premières, car poser sans fin la même question, ajouté au problème de la traduction, cela faisait que la majeure partie de l'interview était consacrée à la question et qu'en aucune façon on aurait le temps de diffuser la réponse.

C'est pourquoi après la vieille, on a essayé avec papa. Dans le fond il n'y avait là rien d'illégal, cet exercice de prête-nom était même des plus réguliers, car en tant qu'homonymes nous étions tous légitimes.

Le père face à la caméra, c'était quelque chose. Il suffisait qu'on lui dise que ça tourne pour qu'il se mette à rire. D'abord il fixait le gros œil en se forçant bien le sérieux, il se concentrait sur la question en se mordillant le rictus puis, au moment de répondre, on le voyait qui commençait de rosir et, au lieu qu'un quelconque mot lui vienne, ses joues enflaient comme une baudruche, son visage entier s'emplissait de son sourire, sur le point d'exploser, enfouissant tout propos dans une bouffée de fou rire. Sans s'énerver, les journalistes reprenaient posément la question, aussi patients que possible, alors qu'en face d'eux le rire du père n'en finissait pas de mûrir, jusqu'à la cyanose, jusqu'à ce que le fou rire le reprenne de plus belle...

À force de leur pouffer plein les bobines, ils conclurent que ce bonhomme-là ne serait jamais foutu d'assurer trente secondes de direct, autant dire une catastrophe, car si le manque de vocabulaire n'est pas en soi discriminant, il serait parfaitement inconvenant de voir se marrer le poète à tout bout de champ.

Si bien qu'en fin de compte l'option retenue ce fut moi, moi l'obscur, moi le fier-à-bras, et s'il est vrai que dans la famille on n'est pas du genre à faire de l'ambition, pour peu qu'on la taquine un peu, l'immodestie nous vient à nous comme à tout le monde. À vrai dire je me serais mieux vu dans le rôle d'un chanteur, il est clair qu'il est bien plus exaltant de mimer son play-back sur des pistes de danse plutôt que de poser des heures en librairie. Pas de doute que l'ambiance des plateaux de variétés est largement plus affriolante que les séances de dédicaces. Pourtant il aura bien fallu en passer par là. Des heures à attendre dans des librairies plus ou moins désertées, avec à côté de soi un libraire parfaitement réjoui par ce climat d'exception, le libraire même pas surpris de revoir personne, même pas inquiet, alors que ça ressemblait fort à un anniversaire où ne serait venu aucun des invités. Tout un après-midi pour signer une paire de dédicaces, flatter une poignée de collectionneurs sans envergure, sans même vraiment leur faire plaisir. Encore heureux qu'il y ait les hypermarchés. Les hypermarchés, c'est autrement plus emballant, autrement plus vivant, bien plus proche en tout cas de l'idée qu'on se fait du succès. Dans ces ambiances d'hypermarché, l'artiste prend mieux la mesure de son talent. Là-dedans, on y emballe par paquets et on enveloppe sous blister, et pour déplacer l'ensemble il faut pas moins d'un diable ou d'un Fenwick. Et pendant que j'officiais, dédicaçant sans relâche, les frangins couraient là-dedans comme dans un parc d'attractions, tandis que les parents renouaient avec la grâce de faire des courses. Là-dedans ça signait par paquets, je signais même les paquets de lessive ou les céréales de petit déjeuner, tout ce qu'on me tendait. Au choix, on me prenait pour un champion du monde ou un artiste, un patineur ou un héros de prison, certains juraient même que j'étais ce pousseur de succès de l'été. Qu'importe l'identité qu'on me prêtait, toujours est-il que je signais, ne décevant pas le moindre de ces sourires qui affluaient. C'est la vertu de l'estrade, les gens vous reconnaissent en même temps qu'ils vous découvrent, des gens pas trop regardants, immédiatement flattés de vous savoir là, et eux en bas.

Quant à ceux qui avaient déjà entendu parler du livre, ceux qui connaissaient l'histoire, ils nous suivaient jusque sur le parking et nous demandaient chaque fois de leur refaire le coup de la catastrophe, juste pour voir, attendant de nous du grabuge comme d'un bon Dieu des miracles.

Dans la foulée, il aura aussi fallu se colleter aux émissions littéraires, se caler au milieu de ceux qui écrivent pour de vrai, des poseurs à

191

col roulé venus parler de leur dernier cri, avec pour tout public un tri de spectateurs définitivement acquis, dociles comme un plateau de fruits de mer, avec tout de même deux trois jupes courtes au premier rang, histoire de faire des contrechamps sur les propos de l'auteur, donner de la perspective au débat. N'empêche qu'on s'y est pointés chez les fruits de mer, et qu'en plus des aptitudes du frangin je lui aurais piqué son vocabulaire.

Mis à part ces quelques prestations, ces moindres devoirs qui certifient les vraies vedettes, notre vie n'a pas trop changé. Si ce n'est qu'avec l'argent du livre on a pu s'offrir ce qu'on voulait, et qu'en fin de compte notre seule vraie folie ç'aura été de construire une salle de bains. On s'est aussi offert un beau tracteur tout neuf, histoire d'en avoir un à soi dans la cour et de pouvoir se balader dessus sans être obligés de travailler.

La grand-mère, au bout de deux jours, elle en avait déjà marre de son fauteuil électrique, tout ça parce qu'à cause des roues elle n'avait plus besoin d'être poussée.

Quant au problème de la grosse tête on l'a résolu en ne voyant plus personne, en ne sortant plus de chez nous. Même pour les courses on se fait livrer. Si bien que maintenant, à part quelques journalistes, on voit encore moins de monde qu'avant. Ceux de notre famille on ne les voit carrément plus, à croire qu'on leur fait de l'ombre, ou que ça les heurte qu'on soit plus notoires qu'eux.

Dans tout cela, peu de choses ont changé finalement, et si c'est toujours bien moi qui vous parle, depuis le début c'est le Totor qui écrit. Le Totor toujours aussi docile, le seul véritable bon à rien de la famille, mais qui mine de rien n'en cachait pas moins son petit talent. Un talent de plume, certes pas suffisant pour les académies, mais parfaitement adéquat pour témoigner, non pas de nos misères comme ils le font tous, mais de nos petits arrangements avec l'ennui.

Et pour répondre à cette question qui nous revient sans cesse — à savoir si des catastrophes il nous en arrive toujours — force est de reconnaître que de ce point de vue-là maintenant on est tranquille. À croire que le mauvais œil nous déserte. À croire que les accidents nous contournent et que plus jamais autour de nous les hommes tombent et les Boeing s'effondrent. À croire que depuis qu'on ne les provoque plus, les séries noires nous dédaignent, car pour tout dire, maintenant qu'en plus de se voir à la télé on a tout ce qu'il faut pour s'enregistrer, on a eu ce qu'on voulait.

DU MÊME AUTEUR

Aux éditions Le Dilettante

VU, 1998

COLLECTION FOLIO

Dernières parutions

3126. Gustave Flaubert — *Correspondance.*
3127. Sainte-Beuve — *Portraits de femmes.*
3128. Dostoïevski — *L'Adolescent.*
3129. Martin Amis — *L'information.*
3130. Ingmar Bergman — *Fanny et Alexandre.*
3131. Pietro Citati — *La colombe poignardée.*
3132. Joseph Conrad — *La flèche d'or.*
3133. Philippe Sollers — *Vision à New York*
3134. Daniel Pennac — *Des chrétiens et des Maures.*
3135. Philippe Djian — *Criminels.*
3136. Benoît Duteurtre — *Gaieté parisienne.*
3137. Jean-Christophe Rufin — *L'Abyssin.*
3138. Peter Handke — *Essai sur la fatigue. Essai sur le juke-box. Essai sur la journée réussie.*
3139. Naguib Mahfouz — *Vienne la nuit.*
3140. Milan Kundera — *Jacques et son maître, hommage à Denis Diderot en trois actes.*
3141. Henry James — *Les ailes de la colombe.*
3142. Dumas — *Le Comte de Monte-Cristo I.*
3143. Dumas — *Le Comte de Monte-Cristo II.*

3144 — *Les Quatre Évangiles.*
3145 Gogol — *Nouvelles de Pétersbourg.*
3146 Roberto Benigni et Vicenzo Cerami — *La vie est belle.*
3147 Joseph Conrad — *Le Frère-de-la-Côte.*
3148 Louis de Bernières — *La mandoline du capitaine Corelli.*
3149 Guy Debord — *"Cette mauvaise réputation..."*
3150 Isadora Duncan — *Ma vie.*
3151 Hervé Jaouen — *L'adieu aux îles.*
3152 Paul Morand — *Flèche d'Orient.*
3153 Jean Rolin — *L'organisation.*
3154 Annie Ernaux — *La honte.*
3155 Annie Ernaux — *«Je ne suis pas sortie de ma nuit».*
3156 Jean d'Ormesson — *Casimir mène la grande vie.*
3157 Antoine de Saint-Exupéry — *Carnets.*
3158 Bernhard Schlink — *Le liseur.*
3159 Serge Brussolo — *Les ombres du jardin.*

Composition Nord Compo.
Impression Société Nouvelle Firmin-Didot
à Mesnil-sur-l'Estrée, le 23 janvier 2000.
Dépôt légal : janvier 2000.
Numéro d'imprimeur : 49533.

ISBN 2-07-040893-X/Imprimé en France.